詩の地面
詩の空

岸田将幸
Masayuki Kishida

五柳書院

詩の地面　詩の空

写真（カバー・扉）　菊井崇史

目次

第Ⅰ章

第Ⅱ章

第Ⅲ章

第Ⅰ章

抒情を代償する「僕」——中尾太一『数式に物語を代入しながら何も言わなくなったFに、掲げる詩集』

1．代償性

中尾太一の第一詩集『数式に物語を代入しながら何も言わなくなったFに、掲げる詩集』（二〇〇七年、以下『掲げる詩集』）の展開は、愛した者への沈黙が何かをきっかけに饒舌へと反転する、あの決壊の瞬間に似ている。それは、愛が終わった後の少しの荒廃と奇妙な晴れやかさの時に不意に訪れる、抱え切れない情動のせり上がりだ。もはや取り返すことはできないのに、その手遅れを取り返そうとする当てのない手の行方が次第に、かつての愛を乗り越えるまでに大きな愛を摑むこととなる、あの愛の孤独のことだ。

詩集の語り手「私／僕」にとって、この愛の喜びは語り得る時（事後）には失われている、そういう性質のものであるから、その表現の水準は喪失（死）である。つまり、はじめから終わっているのだ。終わっている「私」は、端的に「無念」（「アーサー王」）であり「残念」（「夜明けのアーミン」）であり、「予後」（「アギーレ」）に生きる悲しみそのものである。

彼はその像「私／僕」を「絶対抒情主体」（同詩集あとがき）として切り取っている。「絶対抒情主体」は、人間を機械的な「抒情」の産出に寄与する、身体装置の仮構として象られたものではない。そうではなく、「私は抒情に値しない、しかし抒情のために」と切り返す歯ぎしり、言いかえれば若い「使命感」の像だといえる。彼は、その若い姿を詩に愛された者ではなく、詩に詩を書くよう命じられた、ほとんど苦役にある者として描いている。

それでは、著者の使命とはどういったものであったか。彼はまず、人間の存在を表現しているところのものを「抒情」と位置づけ、その抒情に先行することや同着することができず、抒情に表現されてしまっている自身（身体）を、抒情に「遅れて加わっている」（「地獄も憐れむほど、方向音痴」）、「過失」（「同」ほか）にある者として省みた。そしてその遅れを取り戻すため、自らに身体と抒情の発生点との間を最短で結ぶ「伝達の形式」（「僕は韻石、君は律動」、二〇一三年、現代詩文庫『中尾太一詩集』所収）となることを課した。

ところがこの「絶対抒情主体」は、その像が結ばれてゆく詩作の過程（詩集）において、抒情が表現する表現（詩作品）の表現（著者像の提示）という、さらに遅れている者として現れてくる。この多重の遅れの悲しさが、彼の一行の終われなさ、つまりは第一行目の現れを詩集のあとがき（「ずっと「あとがき」を書いてきた気がする」）にまで引っ張るという、長尺の行の要因なのだ。この行の持続は著者を限界まで疲れさせるだろうが、その疲れがさらに持続を促すといった性質のもので、著者は供儀の者にさえ見える。

しかし、抒情に遅延したこの者は、ほんとうに「過失」にあるのだろうか。むしろ「絶対抒情主体」は、抒情の所在を示し続けていることの労力において、抒情の発生を代償している者ではないか。さらに言えば、この代償性こそが、中尾太一の詩が本質的に被っていることなのではないだろうか。

抒情と著者との不釣り合いを著者の側から賄おうとするこの代償行為は、内容としては詩の律動、また関係として二人称「君／あなた」と一人称「僕／わたし」との間で交わされる友愛とその拒否として現れ、その結果、物語が両者の関係の齟齬に生じる罪意識をめぐって紡がれる。そしてその物語の果てに、二人称と一人称の者が双方から「わたしたち」（一人称複数形）として呼び合うことのできる可能性が探られる、という展開を見せる。

抒情に手遅れの時点、すなわち抒情の死の状態から、抒情に間に合っている時点、すなわち抒情の生の状態へと押し出されてゆく著者の生身は、この一連の「内容」「関係」「物語」を引き受けることにおいて具体的に痩せてゆく。なぜなら抒情の代償は、抒情と表現された詩作品との質的均衡において可能であり、その支点の持続は著者の負担（意志）によって叶えられるものだからだ。

しかしながら、著者が抒情を代償する一方、抒情とその抒情が複写されたところの詩作品が無傷であって、結果残されるのが痩せた著者の体ということになるのであれば、詩を書くことは端的に言って悪いことであるだろう。だからこの抒情をめぐる関係には、彼の体を抱き上げるべく、抒情を媒介とした「わたしたち」という友愛（共苦）の可能性が、倫理的に探られなければならない、ということになる。

ただし間違ってはいけないが、中尾太一のいう著者像「絶対抒情主体」は善良なそれではない。彼は著者像の性格を「聖者」とまで表現している。つまりこういうことだ。著者なる者の体はほんらい、「聖者」（抒情と等価である者）であるにもかかわらず、いわば何も代償することなくありのままで抒情を手繰り寄せることができると誤解し、さらには抒情に遅れているどころか先回りしていると思い込んでいる詩人の無邪気な無罪を、彼は「絶対抒情主体」の現前によって問い詰めているのだ。いうまでもなく、この著者像は同世代の者にとって大きな脅威となった。

荒地派、ひいては戦前のモダニズム詩を参照することで自らの位置を確かめてきた「現代詩」が、ついにわが身の自立性を散文脈（アカデミズム）に投げ込んでさえ保たれることの証明を試みていた一九九〇年代。さらに、時代を超えて無傷を誇ってきた著者という統御の主体が、構文の解体においてどこまで耐え得るかを試していた二〇〇〇年代前半を経て、ドン詰まりの様相を呈していた二〇〇〇年代後半。中尾太一は著者としての体を文字どおり差し出すことによって、詩状況を破ろうとしていた。

詩表現の突破をめぐる難問の解法は、まとめれば以下、①著者が抒情の所在を示す存在であることにおいて抒情を代償し、抒情の代償によって抒情に遅延した分の価値を足し算し、②その差し引きゼロの地点において、著者は対抒情および対作品に均衡した像を結び、③均衡した像の顕われが抒情の正体を作品において示す、という段階を踏んだ。
哀しいことだが、二〇〇〇年代後半に現れていた現代詩の若い一群は、その詩史の蓄積においてすでに年老いていた。老いた者が若返るにはおそらく、史の底を抜くほかに方法はない。この三段階のプロセスを具体的な問いでいいかえれば、「詩に何ができるか」ということだ。体を差し出すという追い詰められた場所においては、再起のための原理的な問いかけが必然的に生じる。とすれば、中尾太一の詩には何ができたか。
彼の第一詩集は再度言えば、二人称と一人称の間で交わされる友愛とその拒否の罪意識が織り成す物語として展開するが、彼は前出の散文「僕は韻石、君は律動」において、二人称「君」の姿をこう描いている。

「君」とはドグマであり、倫理であり、サウンドメーカーであり、受容であり、拒否であり、勇気であり、男であり、女であり、友であり、死者であり、それらすべての「間《あわい》」を縫いながら別の空域へと逸脱していく「抒情」である。

「君」は「僕」の生の条件を縫い合わせて「抒情主体」の像に仕立てる者でありながらも「別の空域」へと逃れゆくものである、と彼がそのフォルムをなぞるとき、「君」の姿は隠しようもなく「僕」という抒情に遅延した者の姿である。そして、この連続する抒情の定義において「ドグマ」が最初に挙げられていることは見逃されてはいけない。抒情の質の方向をほとんど私性のものとする場合、抒情は、著者自身の体に裏打ちされることで、否が応でも他者から見えてしまうものとなる。この可視性こそが、彼の詩が主張している価値であり、「できる」ことだ。

二人称と一人称の関係は、著者自身という他者のまなざしにおいて生じている。「僕」によって追い詰められても逃れゆく抒情「君」をさらに著者が追うとき、人間という剝き出しでありながら秘匿された形式の輪郭が露わになってゆく。その露出がさらに激しくなり、これ以上極まると夢が醒めてしまう（死ぬ）というボーダーラインにまで著者が追い詰められたとき、抒情と人間はそのラインから咄嗟に身を翻し「逸脱」する。「絶対抒情主体」の者は、「詩に何ができるか」との問いにこの身の熟しをもって答えている。つまり彼の詩は、抒情と著者とを死なせないためのライン（目印）を引くために紡がれていた。

2．故郷

その先は鳥取平野を抜けて日本海へとそそぐ「八東川」を遡ってゆけば、郡家と若桜の間を結ぶ若桜線の鉄路が寄り添って走り、終着の若桜駅からさらに山中へとかわす川の流れを追えば、右手にはすでに、鳥取市内から伸びる国道二九号線が戸倉峠を目ざして並走している。中尾太一が生まれ育った若桜の町は、たとえば東に一五一〇メートルの氷ノ山を望み、それからぐるりと見回せば千三百メートル級の頂が並んでいる。かつての宿場町を彷彿とさせる町の古い路地には水路が細やかに流れていて、ひいては深い森林から八東川へと集められたすべての水がこの町の地上を洗い、立ち込める朝方の深い霧が晴れれば、夏には鮮やかな山の緑が急いで空の裾を横に切るのだ。

手元にある日本地図と、いつか彼から手渡された若桜の町が写る数枚の写真を頼りに、そう想像してみる。何とも身勝手なものだが、想像においてさえ胸の詰まるものがあるのは、この視野の構成が「Mさん」（「君は韻石、僕は律動」）の生きてきた場所だからだ。この「Mさん」の町は、たとえば彼にこのような美しい文を書かせている。

人間に屈辱的な姿をしか与えない、国を成立させる諸条件とその諸条件を強める言説とその言説に倫理や正義を見出し、その倫理や正義に取り付く上昇主義的な原理的強者とその傲慢と無知とそれらによって支えられる全体主義的民主主義と世界の全体性と恥知らずな者たちと「人の守り」としての倫理を思考しない者たちと真に孤独ではない者たちとそれらを「繋げる」ネットワークの全体的「繋がり＝秩序」が憎い。自分たちが向かっている生の形式に現れ続ける歴史の継続や反覆に「必然」という名前と「無気力」を吹き込むもの、自己に内在する運命から自己を遠ざける「統一感」を均質に分配していくもの、それへと生命を注ぎ込む人間の隠れた超越性への「信仰」とそれと密着しているあからさまな「倫理」、その無数の指先から放出される「安息」の像を僕は憎む。そしてそれらすべてに隠される故郷に生きる人、その故郷に死ぬ人、この人たちの「正しさ」、「可視性」を僕は擁護する。

（「君は韻石、僕は律動」）

『掲げる詩集』には、かつての町と町に生きる人の姿を守ろうとする彼の、こう言ってよければ優れた父性と涙が湛えられている。詩集は、構成を変えた故郷の町に残る人の像のビーズを、いわば想像上細やかに縫い合わせた結果だともいえる。

「君は韻石、僕は律動」には、大杉栄の散文タイトル「僕は精神が好きだ」を踏まえたと思われる、「僕は自分の故郷のことを屈折のない筆致で語れる精神が好きだ。」（「同」）という一文がある。故郷に対する愛情が込められているこの箇所は、文字どおり屈折のない筆致への憧れを含んでいるが、たとえば、

家に帰らなければいけなかったんだよ……と……最終弁論の草稿を丁寧に閉じて（……）草原を駆け抜けていく馬の激しい面立ちが夕焼けに上り詰め、それからひとりで下っていった……一緒に帰るべきところに帰ろう、と僕は言いたかった

（「THE DAY I WAS A HORSE」）

という詩行を重ねて読めば事情は変わる。詩集の随所に現れる望郷の念が訴えているのは、そこ

に守らなければならないものがあるにもかかわらず、守るものが失われてしまったという悲しみであり、悔いであり、怒りである。しかし、それでもよく目を凝らせば小さな野の花のような健気さで遍在しているものがある。その、失われたもののわずかな「遺言」を想像上守ることに彼の全力の労働がある。「屈折のない筆致」はおそらく、そのためらいのない労働の結果のものだ。故郷に寄せる思いと、故郷に帰れないという現在は矛盾することではない。むしろ、帰れないことと故郷を守ることとは、忘れないという意志においてイコールである。そのイコールが、『掲げる詩集』の語り手である「僕」と「君」との間で交わされる会話の内容であるなら、彼らふたりは、何としても書くということで故郷に「抒情」を充塡し続けなければならなかった。

＊

『掲げる詩集』は抒情をめぐって生じる二人称と一人称の記録であり、その記録の一ページ目は故郷の風景に求められている。故郷の内と外の境界は、国道二九号線が兵庫方面へと抜ける「戸倉峠」(「僕の致死量のウィスキー」)が目印とされ、詩集に書き込まれる具体的な風景は、この峠からの距離において表現される。そして、「君」と「僕」の具体的な関係もこの峠を挟んで生じている。

線路脇から乗車してきた二、三の影の中でいちばん貧しかった君はそれから家路を大きく
迂回していった
僕の右手は弓なりの、君のはにかみ、または婉曲する告白の跡を
つまり君のうなじが戸倉峠の「戸」を潜っていくのを見た、（……）
（昨日の誕生日も、真面目に壊れていましたね）、水面で幾度となく呟く泡《日々》を耳掻きほどの
小匙で掬い
「致死量」を量りながら内服《服役》する僕は今日、知らない誰かの血を吐いていて
boy, 屋上でさかさまに咲くじさつの星を静かな脈に打っていた

「君」は「家路を大きく迂回」し、はにかみながら故郷を後にする。一方の「僕」は、「君」に対する親愛の感情を打ち明けながらも、ウィスキーをあおって知らない誰かの代わりに血を吐き、死の誘惑にさらされている。安定せず非対称の感さえある「君」と「僕」との関係のずれが詩集の起伏となっているわけだが、著者はたとえば、

二つに裂けたその「花《人》」を、「忍耐が途切れるほどの優しい一日」に植え替える自由を僕
は行使する、病室の
二輪の *debut*《秘話》 に温かい土をかぶせて隣り合う骨の根っこに僕たちの、次の人が触るまで

（そこへは一緒にいこうね）

というふうに、「君」と「僕」ふたりの関係を「二輪の秘話」および「隣り合う秘話」へとパラフレーズして両者間の親密さを強調し、さらに温かい土に移植するというふたり揃っての「帰郷」を目論む、というところにまで心理を引っ張りながらも、

いや、

僕は悪魔に会いに行く

との離反を記さざるを得ない。この屈折した悲しみが、詩集の起伏の内容である。

「僕」には「二つに裂けた」「花《人》」を一輪の花へと統べる意志があるが、自分だけは「悪魔」のほうへと逸れざるを得ない。だから「君」であることの水準が保たれる「君」と、その水準から脱落する（「君」に遅れる）「僕」との間には埋めがたい齟齬が生じてゆく。

この齟齬は、詩集の中盤以降に置かれる「故郷」および「家族」についての諸篇、具体的には「kimi ga saisho ni shinda」「聖エルモのながく、あかるい遺言」「アギーレ」「THE DAY I WAS A HORSE」「ワンダーランド」においても解消されず、ふたりの関係において細部に亘るひび割れをもたらす。

さいごまでわたしの顔で、わたしの声で、雪の降る冷たい川に「永遠」まで脚をつけていて
浅瀬で三回「吐血」した後はずっと君のことを愛していたよ
辰星《電信》のあいだにひろがっていく神経の海に入ったから、あとのことは「二人」で見届けようね
骨の中に集めた「友愛《エピローグ》」が、長い夜にも耐えられるように（「kimi ga saisho ni shinda」以下同）

この箇所における「脚をつけて」「愛していた」「見届け」る「集めた」といった動作は一目で分かる行為の事実だが、その一方で「三回」「吐血」「神経」といった抽象的な指示は何を指しているのか分からない。それらは「僕」だけが分かる事実（「僕」の身に起きたこと）であり、かろうじて記述される類いのものだ。

つまり、たとえ「僕」がいくら「君」に愛を伝えても、その会話には伝えようもない、「僕」を個に留まらせる私的な内容がどうしても残ってしまい、十全たる愛の内容は常に「エピローグ」（物語の補遺）へと先送りせざるを得ない。この事態こそが「君」と「僕」の間にある齟齬であり遅延であり、また「僕」から省みられた場合の「罪」なのだ。だからこそ、

わたしは君を見送ってから、君はわたしを見送ってから「二度」、だから「一度」だけ見詰め合った「ふたり」は

「太陽」が大きくつかんだ「物語り」に浮ぶ一艘の舟《つみ》だから、（もう一度、あの店へ）

（……）

ああ「過失《太陽》」の下で君の背中をさすった日々を「夏」と刻めば

それは大祭の日、榊の上であんなにも顔を近づけあった「ふたりだけ」の「倫理《りゆう》」であり

というふうに、「僕（わたし）」は詩集のあとがきに至るまで繰り返し、「君」と「僕」とが「対」の関係にあって一つの「舟」に乗った運命であることを、関係の齟齬に抗いまるで贖うように強調せざるを得ない。

読者は、生まれた場所を物語る悲しみの大きさと、その悲しみによってみるみると痩せてゆく著者の像に目を見張るだろう。しかし、この悲しさは「僕」によって消極的に引き受けられたものではなく、代償（身代わり）の意志において引き受けられたものだ。著者は記している。

「予定の果て」と「終わりの陽射し」が重なったとき

わたしたちの影は「頂上」の真下でぜんぶ消え失せると、あれは家路に重ねた意味《人》の花を過ぎたころ

こんなところまでやってきてしまった「せかい」への借用書のような身体を傾けながら「峠」の向こうをいっしんに目指した「若い家族」のゆくえに関してわたしは考えていた

すなわち、「君」と「僕」の関係を育む「「ふたりだけ」の「倫理」」よりもはるかに大切なものである、「若い家族」のその後を代わりに生きる(未来を補塡する)ために、「僕」は物語っていた。

＊

『掲げる詩集』においては「先生」「父祖」といった、垂直の系譜において自らの位置取りを示す語彙がたびたび選ばれるが、なかでも家族である「父」への思い入れは格別である。

お父さん、「峠」のむこうには何もないのに、と「国境」を踏破する小さな背中のあとをよちよちついて歩く子供の心臓は以後数十年をかけてこの「地形」を殴打するだろう
その「若い家族」が視界から遠ざかる、遠ざかる、とわたしは(あるいは君は)うわ言して
坂道が炎に包まれ、空が燃えた後で、*vanilla* の草を摘んでいた　(「kimi ga saisho ni shinda」)

著者が「「若い家族」のゆくえ」について考え始めるのは、右記の行の前で「「予定の果て」と

「終わりの陽射し」が重なったとき」と記されているとおり、自分を失いつつあるときである。著者は、思考の最後の対象に「家族」の記憶を選び取っているのだ。だから、「家族」の一員であった著者によって父の背中が決して大きくはなく「小さな背中」だと捉えられたとき、身を小さく屈めさせた「地形」という生きる場所の条件を「殴打」し、自身がまるで父であるかのように父を庇うのだ。

さて、かつて「僕」は、泣き出しそうな気持ちで「お父さん」の背中を追って故郷を後にした。しかしながらその離郷を思い出すとき、「僕」のそばにいるのは関係が離反しているはずの「君」である。家族である「お父さん」はどこに行ったのか。ここにおいて「わたしは（あるいは君は）」と書き込まれたことは、この詩集におけるもっとも重要な点だと思われる。「わたし」と「君」はうわごとを言っている。二つの「花《人》」に裂けた「君」と「僕」との間にある齟齬を埋めることに詩集の意志があったはずだが、そのふたりはいまや撞着した関係となって、「若い家族」の姿が消えてゆくことにうろたえている。この喪失の光景に向けられたふたりのまなざしが何かといえば、

「死人の顔に化粧してしまったんだ」、泣きながら君がわたしの隣で目覚めてしまった朝
君とわたしが始める静かな「内緒ばなし」は、ただ「わたしたち」の恢復に関与していく
（「同」）

とされる、「わたしたち」へと関係を結ぶべく固められた、著者自身の意志なのではないだろうか。つまりこの意志は、「家族」の回復と「君」と「僕」に分裂している著者の回復とが再帰的な関係にあることを知っているのだ。

実際、『掲げる詩集』においては齟齬の解消に執着する対の関係ではなく、離反したまま寄り添う関係「家族」の顕れを願う思いが各所に滲んでいる。

(過失という名前のやさしい女性が
海からほど近い「流域」で、カーディガンを羽織ってみたり、脱いでみたり、していた)
見ていて欲しい、いくつかの部屋では「若い家族」が小さな明かりを灯し
いくつかの部屋では白い犬のあなたが歩いた「真昼」が骨になる

(「聖エルモのながく、あかるい遺言」以下同)

疑いなくいい風景だ。家族それぞれの部屋に明かりが灯り、その明かりを持ち寄った全体が「家族」である。そう証そうとしている。彼ら「家族」の家を俯瞰すれば、川の、あえていえば「八東川」の流域で暮らしていた「過失」の者が、すでに許されたもの(やさしい女性)の像として、やわらかなひだの織物を羽織っている。そのひだの触感が膜となって家族を覆っている。そ

う読まれるべく、著者は行をつなげている。この詩篇のタイトルにある「聖エルモ」は、落雷に伴う青い光の放電現象「セント・エルモの火」を下敷きにしているが、詩篇が明るい聖性を帯びているのは、まさに家族の「いくつかの部屋」に明かりが別々に灯っているからではないだろうか。

そして、「わたしたち」の「家族」が関係上の齟齬を含みながら、まさに齟齬を含むことによって可視化されているものがある。それが何かと言えば、「たらこスパゲティ」だった。

聞いて欲しいことがある。昭和六三年の暑い八月、プール帰りの若い食卓の上に乗ったのは、「僕たち」の父と母とのそれまでの、「楽しかったこと」「悲しかったこと」を差し引いて作った「たらこスパゲティ」だった。(原文ゴシック)

おそらくこれ以上でもこれ以下でもない、掛け値なしの「たらこスパゲティ」。それぞれの記憶とは無関係に、屈託なくたいらげることのできる「たらこスパゲティ」が食卓に並べられていた。「家族」が「家族」になるまでの、それぞれの楽しかったことや諍いや離別のことをそのままに許して、「僕たち」の「家族」をスタートさせた「若い家族」の若々しい微笑みが、皿のなかの薄紅色に映えている。

しかし、と言わねばならない。この「僕たち(わたしたち)」が含み得る家族のレベルはどこまでか。逆にいえば、何を含み得ないのか。「君」と「僕」、「父」「母」それぞれは読解上、「家族」として「代入」可能な者だが、それでも「僕たち（わたしたち）」の領分からはみ出す、独りの者がいるのだ。

　それはたとえば、この詩篇における「赤い夕焼けに浮かんだ公衆電話からやや冷たくなって降りてくる」青ざめた「あなた」であり、「いまこそ教えて欲しい、あなたがどのように苦しむのかを、ずっと。《治水に沈む、プールの底で。》」と乞われる「あなた」であり、「あなたに渡したい「文書」が僕にはある」とされる遠い「あなた」であり、さらには、わずかな放電を名残りとして消えてしまう「聖エルモ」のイメージ（像）である。「家族」である「わたしたち」によっても囲い切れない、この「あなた」という像こそが、「僕たち」をやむなく、故郷の家族から立ち去らせているところのものだ。「君」と「僕」との齟齬を埋める「家族」すなわち「わたしたち」という人称が、「わたしたち」は「故郷」は「家族」である、と三者間の連関を確かめているとき、「あなた」はその連関を逃れ、単独者たる自身の存在を訴えている。そして、「僕」にとっての「あなた」——手を伸ばしても逃れゆく者、懸命な「若い家族」の食卓に坐れない者、「若い家族」が去った後の食卓に残るわずかな温かみに触れようとしている者——こそが、実際に故郷を出ていった「僕」のほんとうの姿ではないのか。

　ならば、「僕」に戸倉峠を越えさせた理由は何か。また、先んじて言えば、「わたしたち」は再び何を囲うことで「わたしたち」であるのだろうか。『掲げる詩集』の後半、「窓が開いていた」

以降の詩篇を読む。

3. 友愛

「君」と「僕」との間における埋めがたい齟齬が、「遅延」もしくは「罪」の意識を呼び込んでいるとはすでに述べた。その負荷とともに故郷を後にした「僕」は、「君の「意識」が（……）尽きていく街」（「窓が開いていた」以下同）で、ほとんど声を失くし散々に暮らしている。街に紛れ込むその「僕」の後背を「こんな言い方が許されるなら「やむを得ず」バスから降りて、「人ごみ」に紛れていったんだ」と描写する「僕」は、しつこく強調するが、散々な目に遭いながら暮らしている。

その暮らしとは、「いちまんえんを、僕にください」と乞い、「あらゆる「命法」に屈した姿勢」で歩き、その体は「ボクはかぜ、ひきません、なきもしませんし」と虚ろで、「ああ空を飛んでいるのはサッカーボールでしょうか、僕はたぶん白と黒のホルスタインだと思います」と辛いまなざしで空を見上げる日々。抒情から落伍し生を消化する「僕」は、「もう一度この「身代《ミノシロ》」で君の嫌った「せかい」を買いにい」く、つまり抒情なき世界への加担という屈辱的な事後にある。この詩篇においては「一六〇円」「十円」「一〇〇円」「ぜろ円」といった金額が現れるが、抒情に遅れた者「僕」の生命の維持が何より屈辱的であるのはほかでもない、安い値札の「せかい」と「僕」の生命がついに等価となっているからだ。
「僕」はこの「せかい」に生きる人の正しさとして「買」っている。「悲しい写真展」や「悲しい映画館」を見て、コーヒーを飲み、そこに世界そのものが書かれてあるにもかかわらず「たった一〇〇円」で売られている古本を買う。「せかい」が人に施す「ぬくもり」であるカネの価値に沈む「僕」はどうしようもなく、抒情に遅延しており、予想どおり「君」から冷たく見切られている。

　ところで天気予報ばかり気にしています、ぬくくなるのはいいものです
　ぬくくなった陽だまりを「三秒」で通過するとその陽だまりは「三秒」の生命をひょうげんするからです
　君の冷たい返信が予想されます

しかし、『掲げる詩集』がその行（構文）のみならず構成の全体として美しいのは、散々な目に遭ってついには「君」から見放されるという、「僕」の暮らしの顛末を記したこの詩篇の直後に、まるで先回りしているかのように、二人称なるものの完璧な姿が露わにされる恋歌「最後はラブソングを、君に」（〈あなた〉〈君〉の二部パートの構成）を置いているからだ。

Jabah が来て落穂を拾う手が止り、なんてきれいな青空だろう、と「異世界」が広がって
いった
おいで、と母親が子供を呼び、子供は父祖たちを呼び、丘にそろった「家族」は薄い光の
果てへ共に向かっていった
「丘の上で馬の親子が夕日にうたれていた」、と「僕」は記述しなかった
草を食む「あなた」を見つめていたのが「僕」であり
赤く染まりはじめた「あなた」の首に小さく泣きついたのが「僕」だったからだ
（「最後はラブソングを、君に」パート〈あなた〉）

二人称「君」へのラブソングであるはずの詩篇。それが幸福で美しい家族の叙景から始まっているのは重要だ。なぜならここには、「あなた」と「僕」との関係、ひいては二人称の内実というものがほかにはない正直さで書かれているからだ。その内実が何かと言えば、まさに家族のことであり、かつて「“*Kaerou*”そのときだけはいちばん弱い力の子供が呟いていた」（「アーサー王」）ところの帰るべき故郷であり、

霧の中、「あなた」の「幸せ」は、と互いに問えばみなが同じ齢の瞳で応え
見つめあうそれぞれの裂傷だけが以後の沈黙を誓っていた

（「最後はラブソングを、君に」パート〈あなた〉、傍点——引用者）

と説明される「同意」のことだ。

家族がそれぞれの理由において離ればなれになってゆくその前に、それぞれとともに生きる、という承諾の時間があった。その同意の囲う輪郭が「家族」であり、さらには同意自体が「僕（私）」らそれぞれに「あなた」と呼び掛けている、もしくは「あなた」であることを問うているのだ。この同意は、

あの夏の朝、眠い目を擦って「あなた」と一緒に見つけたのは
カブトムシやクワガタムシが「生命」を求めて集まる一本の蜜の木だった
ああ、「僕」も、「あなた」も、これのようですね、と二頭の馬になって

（同）

との具体的なイメージを参照すれば、「生命」のことであり、また集うことでもある。集う「あなた」と「僕」は詩篇において「二頭の馬」という幸福な姿に変わったのち、

小さな星を身体いっぱいに鏤めながら「どこまでも、一緒に」、別々にそう呟いて別々に、消えていった

（同）

しかし、人がそれぞれの理由で「別々に、消えていった」としても同意が損なわれたわけではないだろう。故郷を離れたとしても、「僕」にそうする理由があったからそうしただけで、そこには単に別離があるだけなのだ。

これは強調してもし過ぎることはない。この詩篇が晴れやかで希望的なのは、「ラブソング」であることだけがその理由ではない。「僕」が「君」に「帰郷」を介した撞着を迫ることなく（実際に「僕」と「君」は結ばれない）、別離をともに生きるスタンスが表現されているからだ。翻っていえば、同意における倫理的な振る舞いが「ラブソング」をうたうのだ。

ラブソングがラブソングである理由を数えれば、もうひとつ、「君」の指を折らなければならない。この詩がレコードのように〈あなた〉と〈君〉のパートに分かれているのは、同意をめぐる志向性が「あなた」と「君」とでは異なっているからだが、一方の〈君〉におけるラブソングの宛先は、

（僕は好きだったともう一度告げたかった）
生殖の露わにされた内部が広大無辺に広がっていった
それは「僕たち」の「心」の底から生まれた厳格なプログラム《構造》だから「僕」もそれについ
ていった

（……）

「反動ダイバー」さ、いちばん深いところに踏み込むのさ、それで忘れるのさ、忘れてしまったのさ

（「同」パート〈君〉）

といった比喩で示されるとおり、心が「構造」として現れる以前の、「「僕たち」の「心」の底」や「いちばん深いところ」に求められている。つまり「あなた」は「蜜の木」に集う生き物（馬）に模される、同意そのものの形象としてこの世の平面上に現れていた者だったが、「君」に変換された二人称の者は、「僕」の内奥に向けて探られる同意の意思を内実としている者なのだ。

そして、この「君」へのラブソングは最終的に、「あなた」「君」がパートを超えて交わるところに向けられている。交わるところといえば彼ら二人称を記す者、著者以外にない。水平に広がる「あなた」という同意と、「僕」の垂直軸の下降において求められる「君」という同意が交わり、「僕」の体としてこの世に現れるところに、「わたしたち」の同意は可視化される。これが「君」の正体、複数から成る過去の同意が同意の立体として現在に表現された「僕」＝「抒情主体」だ。

＊

さらに、もうひとり触れられるべき者がいる。タイトル『数式に物語を代入しながら何も言わなくなったFに、掲げる詩集』における、「何も言わなくなった者」のことだ。

ひとつの「数式」(構造)を生き「物語」る者は、これまで見てきたように、たがうことなく「僕」だ。「君」と「僕」との関係は、メビウスの帯のように入れ替わりひとつの円環を形づくっている。それゆえ「君」の所在を探るという、抒情に対する「僕」の代償が潰えるならば、端的にいって「僕」が死ぬならば、同時に「君」も失われることになる。「君」と「僕」の関係はそういう構造にある。だから、「君」と「僕」をめぐるこの詩集のエピローグは、「何も言わなくなってしまうだろう、未来の「僕」の処遇を読者に試している。

読者という存在と書き手という存在の出会う場所にそれほどまでに希望的ではないし、その二つの言葉を使う際に出てくる制度に物理的な関心を寄せることも出来ないからだ。けれど自分は読者として幾人かの詩を書く人間から確実に受け取っているものがある、と自覚するとき、決して修辞に還元されることのない、その「受け取ったということ」を再び望むことは時制を継続的に超えていく勇気であるように思う。むしろ情動的にそういうことを言いたいために、この詩集の構想はあった。

(詩集後記「あとがきにかえて」)

もしこの詩集が読者によって確実に受け取られるならば、読者の吹き入れるFriendship(友愛)

が著者の代わりに、「君」と「僕」のことについて情動的に語ることになるだろう。そう、この友愛の存在が抒情主体「僕」に先行するもの、すなわち「抒情」の正体である。逆に言えば、読者は著者が「何も言わなく」ならないように、まるで自らを著者に「代入」するかのように「君」（著者）について語り始め、抒情の内実を再帰的に示している。そのとき、詩集のタイトルは、読者の手によって著者（Friend）へと掲げられているのだ。

捧げられた空洞――吉増剛造『The Other Voice』『ごろごろ』『怪物君』

1．「怪物君」という超‐災厄

詩人はおそらく、災厄でさえ追い抜かなければならない。すばやくそっと、鈍色の光に一瞬まなざしを奪われたという程度に。しかし、その一瞬の視線において、彼は災厄をなきものにし得るほどの遠景を映し込む。詩人は災厄に使われる者ではない。より過酷な未来を呼び込むことによって目の前の現実を祓うといった、悪魔的な目論見にある者だ。

災厄を過ぎ去ってゆく影、それはたとえば。この世のほころびをくるくると指先で縒りながら歌をうたい、ふと手首を返し「ああ、もう時間だ」ときっかり去ってゆく者は誰か。もしくは。破壊の爪痕をなぞり、自身の声を薪として災厄の火元にくべながら、本望をいだいて破壊跡を横切る、確たる瞳の者は誰か。

東日本大震災以降に書かれた、吉増剛造の『怪物君』（二〇一六年）は「、、、、、はや読むことの叶わぬ、亡き人々、、、、、苦難の方々に、この本を捧げる」（あとがき）とされる詩集である。

だが、解釈の角度をどんなに変えて迫ってみても、死者に対する鎮魂の書などではあり得ない。いや、精確にいって鎮魂の書でさえある。

この詩集が記しているのは、壊滅の後に産声を上げる新しい種の萌芽についてであり、破壊の深度が深ければ深いほど、新しい次の生命が現れるという、原初的なすげかえの力のことである。この詩人なる怪物的存在に対し、批判という性質の言辞はおそらく、意味をなさない。まるで災厄が手に負えるかのような存在の現れに対して、詩人でない者はいつまで直視し得るか、そのような問いをこの詩集は投げかけてもいるのだ。

とはいえ、詩集『怪物君』はほとんど、言語の残骸の様相を呈している。詩は、震災後の光景に晒されたぼろぼろの「声」を綴る上段と、「裸のメモの小声」と名づけられた、上段に対する註釈の性格をもつ下段から構成されている。端的に言って、上段の声は壊れている。対して下段の声は、震災の文脈を受けているとは思えないほど多弁である。およそ非対称であるこの声の裂け目に、詩集はかろうじて成立している。

詩集冒頭、

アリス《（唖隣巣）》、アイリス《（愛栗鼠）》、赤馬、赤城、、、、、、
イシス《（石巣）》、イシ《（石）》、リス《（栗鼠）》、石狩乃香《イシカリノカ》、、、、、、
兎《（ウツ）》！　巨大ナ静カサ、乃、宇《（ウツ）》！

「ア、イ、ウ」との母音に添った息苦しくたどたどしいこの声は、発声することを学び直しているかのようだ。だが、詩集の言葉が残骸の様相にあると言えるのは、このような発声が決して持続せず、むしろこのフレーズだけが浮いて見えるほどに、他の行の構文が砕けているからだ。

〝黄泉《（ヨミ）》、
を《（緒）》、
折りたゝ《（多）》ム、、、、、、
、シ〞シ（死）乃、フルダヽミ、フルダヽミ、如何《どう》して、アンナニ、
シン（芯）ヲサラシテ（晒シテ）ホーリダサテタ《手》ノ？　多乃？　多乃？
白《（ブラーンシュ=blanche）》狼《ルー（loup）》、
下《を（緒）》り、
（サ死）（折レ、、、、、、）掛《（か）》かったとき、
タノ《（多乃）》、タノ、
ユキ《（雪）》が、ンテ《（手）》、タ《（卵）》、ノ、ンテ《（手）》、タ《（卵）》、ノ《（乃）》、ンテア

ル、、、、、、

「ア、イ、ウ」との瞬発力のある発声の後にすぐさま減速した、言葉の底を這っているかのような不思議なタッチの言葉。これは何を伝えようとしているのか。見開き下段の「裸のメモの小声」が明らかにしている。

わたくしたちには、きおくを燃やして仕舞う、空気を（緒）、に（仁）さわる、手乃、万象ニさわる手ニ、なら（習）って、その息（いき）ニさわる、そしてハンキョーランニ書くこと、その責任が生じた、、、、、、。謳《ウ》、麻《マ》、零《レ》、タッタ、、、、、、）。そして、燃やして灰となったものニ、あらたなヒを傍らに近づけるようにするソノ航路ヲ、ユメのなかニモ、絶えず刻んで行く心、、、、、、ソコ仁、さらなるキョーランが生まれるのではないの（乃*or*能）ではないか、、、、、、

「燃やして灰となったものニ、あらたなヒを傍らに近づけるようにする」ことが詩集のミッションであり、灰すなわち残骸に手をかざし賦活することが、詩集の辿る道筋「航路」である、とされている。この決心とともに見開かれた著者の目にまず入るものは何か。

リクゼンタカタノスナヤマノカケ、、、、、、

、、、、、ケカノマヤナスノタカタンゼクリ
、、、、、、巨《(オホ)》キ《(奈)》、樹《(き)》々、搔く手《(ティ)》、ハタライ、テ、、、、、、イ、テ、、、、、、
、、、、、、テキ、ゼン、ジョ━リ《(離)》、ク《(久)》、、、、、、宇《(ウ)》、、、、、、

積み上がる粉々の瓦礫の山と、津波に引っ搔かれた巨大な爪痕。浚われた雰囲気の空白に立つ著者は、いまだ生々しい破壊の気配「テキ」(敵)を捉える。しかしながら、著者にとって敵と名指すべき存在があるならば、一方の守るべき味方は誰なのか。このとき詩人なる存在は、被災した町の瓦礫に言葉の残骸をまぶして火をつけ、「キョーラン」たる詩の出現を待っている者なのだ。どう差し引いてもこのまなざしは悪魔的であり、詩人の背後には見渡す限り、味方どころか無人の光景が広がっているだろう。

敵の姿ははっきりとしない。「灰となったもの」が「燃える」のでも「燃やされる」のでもなく「燃やして灰となったもの」(傍点──引用者)であれば、文の主従関係からして主体的に災厄を引き起こした行為者がいるはずだ。だが「裸のメモの小声」において、それは非人称の「空気」とされる。「テキ」がブラックボックスとしての空気にその存在が解消されるとなると、詩の言葉も結果的に空気のものに過ぎなくなってしまう。

しかし、詩人なる存在がなおも悪魔的であるのは、空気なる敵の前から引き下がるのではな

く、その空気に「さわる、手乃、万象ニさわる手」を見つけているからだ。「空気」が引き起こした災厄に手をかざす者が幻視されるとき、論理は超越的な次元に移り、夢散したはずの空気の文脈は再び継続される。

詩人なる者は砂山の前で考えている。自然なる風の吹きおろしと吹き返しに晒される地上において、時間はとても長く感じられる。一方で、万象の次元から語られる破壊と新生の循環はそよ風の時間に過ぎない。この人間的な長時間を本来たる万象の短時間に修正する手短な手続きを災厄というのであり、人間的な時間においてスローモーションに見えるこの手続きにいささかも遅れることなく応答する者を詩人という。少なくとも著者は、詩人をそのレベルまで引き上げようとし敵の前に立っている。

私たちは、これを許してよいのか。磔刑に処さなくともよいのか。記憶を灰にしようとする空気と人間のものではない手について、人間がたがうことなく目の前の出来事として記すようになれば、その手は狂乱というよりも、人間という存在に対し計り知れないほどに巨大で総合的な災厄、創世記に記された大洪水を再現することになるのではないか。

詩集『怪物君』の言葉は繰り返せば、災厄に晒された残骸である。しかし、その残骸の砂山が映しているのは、残骸となった時空間を揺らし別の何かを出現させる揺籃のヴィジョンである。それは決して災厄の後を修復したりはしない。むしろ、災厄はなかったかのように時を淩うだろう。

ところで、この超-災厄とでもいうべき「怪物君」の現れを予告するある音が過去にあった。それは『The Other Voice』（二〇〇二年）に収められた同題詩篇において響き始め、『長篇詩　ごろごろ』（二〇〇四年）でその名のとおり、はっきりと記された「ごろごろ」という音のことだ。遠くから近づく、空っぽでありながら依然として何らかの残余を含む不吉なこの響きは、これから何かが起きるとだけ伝える不吉な音だった。「怪物君」なるものはイコール震災ではない。震災の発生を契機に、音響の実力をあますところなく展開したこの音は、震災とは別の事態の到来を告げにきていた。

2．身体的空洞と「ごろごろ」の音

吉増剛造の近年、特に二〇〇〇年代以降の詩篇は民俗学や現代思想などの文脈、さらには詩史上の表現の形式的展開をいくら照らし合わせても、著者が自己言及する以上には評価が難しいのが実情である。なぜか。それは他者によって設計された文法に留まらず、自らの詩自体をもなきものにしようとするこの世の空白化の意志が、その詩形式であるからだ。「怪物君」の足音「ごろごろ」はこの志向を推し進める音であり、著者に空白化の表現として身体及び言語的酷使を促し、著者自体の存在を空白へと追い詰めていった。『怪物君』に至るまでの空白化のプロセスは、具体的には『The Other Voice』における「声」の空白化、『ごろごろ』における「瞳」の空白化という段階を踏んだ。

・『The Other Voice』

「The Other Voice」は詩集の本文にして十八頁に亘る長い詩篇だが、その間執拗に「無言の口の瞳に倣《なら》へ」との声がリフレインする。シモーヌ・ヴェイユやウィトゲンシュタイン、エミリー・ディキンソン、大野一雄ら、具体的な他者の声も詩行の展開上、重要な動力となってはいるが、「無言の口の瞳に倣へ」の声をしのぐほどの響きではない。それゆえ、この詩篇のタイトルにある「Voice」が単数形であるのは正確である。詩篇は「無言の口の瞳に倣へ」という声について記されたものであり、詩の内容といえば、この声に自らの発声の場所を譲り渡してゆく過程のドキュメンタリーである。

初夏の朝、著者は囀り始めた小鳥の声に耳を澄ましている。

神は、おそらく、数をかぞえない、――*Commet Simone?*（初めて引いた、はじめて購った、仏
（一九九九年五月十三日、午前九時十一分、……
蘭西語辞典で、……
へ、囀り始めた小鳥たちの、啼く声に耳を澄ますと、
絵を、点綴《か》いていて、上ったり下ったり、するようにも聞こえます

小鳥の声は視覚的なものとして捉えられている。「上ったり下ったり、するようにも聞こえ」る、つまり耳を澄ましていると「啼き声」が絵を描き始め、その声の筆先が自動的に動き出す、そのように聞こえるという。

音声と視覚が混濁するこのとき、「声」の根源の場所が示されている。それは書記なるものの最初の目印「点（点綴）」のことだ。この「点」は、発声を担っている小鳥たちがまったく存在しなくなっても、具体的なモノとしてこの世を転がっている、とされる。以下、

（一九九九年五月十四日金曜日朝六時、……
小鳥たちが居ないようにナッても、〝囀《さひづ》り〟（〝サヘヅリ〟の古形。意味のわからない言葉をしゃべる。、だけが、
無言の口の瞳に倣《なら》へ
ゴロン
ゴロン
と惑星上に轉《ガ》ッてる朝もあることを、小鳥たちは確実に知って居る

しかしながら、声が「ゴロン／ゴロン」という転がる石のような、重みのある球状のものだというのはどう考えても妙だ。もしそうならば、声はどういうものとして現れているのか。

この五行からなる連は、「無言の口の瞳に倣へ」という命令に対し、「ゴロン／ゴロン」と転がる「囀り」がその存在をもって応える、という構成になっている。「囀り」が転がる物質であ

り、瞳も球状ゆえ転がることができるものと捉えるならば、リフレインされる「無言の口の瞳」は、無言の「囀り」の具体像である。

それでは、小鳥たちがいなくなっても、囀りだけ残るのはなぜか。「無言の口の瞳に倣へ」との命令形が次に現れる連を見れば、「無言の瞳」の「囀り」（声）のほんとうの出所が明らかになる。

底《ソコ、》まで
底《ソコ、》まで
低くなること、平《タヒ、》らにも、……
（……）
ソクーロフ《(Alexandr Socurov)》さんや羽生《(羽生善治さん)》さんの仕草のような、宇宙もあって、この世の底の、……
無言の口の瞳に倣《なら、》へ

「無言の口の瞳」は「この世の底」で見開いている。逆にいえば「瞳」はこの世の向こうにあるものである。それでは、この世の向こうから「口」を通じてこの世をのぞく瞳の者は誰か。まぶたから抜け出て囀り、命令を下すこの球体は何か。シモーヌ・ヴェイユ『重力と恩寵』を引いた、後述の行を重ねて読み解かれなければならない。

〝……神の不在とは、悪にあい応じた形での神の存在の仕方であり、――その不在は感知できる〟

（一九九九年五月十九日朝、午前六時二十四分、……

「キイロダカラ」

「ハナビラダカラ」

を静かに見詰める、……〝静かに、……〟が、〝その不在〟なのだ

タカラガイを静かに映している著者の瞳の奥には、神が静かな不在として存在している。つまりこの行において示されているのは、著者の瞳を借りて表現された、神の瞳の見開きについてである。神への応答がただ静かに、無言のまま見つめることで叶えられるというこの確信の性質は、『怪物君』において決定的な役割を果たす（後述）。

静かな空白「不在」となって「The Other」による「無言の口の瞳に倣へ」との命令を発するべく促されている著者は、命令する声に自らの声を譲り渡している。著者の声は空白である。空白ゆえに他者の声を呼び込んでいる。「The Other Voice」という声は、この譲渡を通じ他なるものとしての質が整えられた著者の空洞の咽喉、そこで囀っている。

・『ごろごろ』

『ごろごろ』は、奄美から沖縄本島にかけて旅をするという、それだけの長篇詩である。時刻は夕方。一切が夕陽。心もそのシルエットも「ウツ（空＝ウツ）」となって、「泣き出しそうな空」を見上げる著者は、すっかり衰弱している。そのような内容である。

　この詩集に伝えるべき私的な内容はない。空白のような心と体になった著者は詩集にいわば栞として挟まれているだけであり、詩集を代わりに満たしているのは「ごろごろ」という音、いいかえれば何かが遠くからやってくるという予感である。

　しかしながら『ごろごろ』という詩集は、近年の吉増剛造の詩が書かれる場所およびその未来を考えるうえで、極めて重要な位置にあるものだ。なぜなら、この詩集は災厄＝空白化という怪物の接近を迎える者の、身体と言語にかかる負荷の上昇局面の記録であるだけでなく、上昇のリミットにおいて起きること、すなわち空白自体の表現について記されているものでもあるからだ。

クロ（黒）、サハ《ワ》（沢）ノ、
クラ、ケ（座《ク＝ラ》＝クラッ、日《ケ》、……）
アカ（赤、……）
（……）
セッ（背）、ツナ、ノ、エッコー、ノ、シホノ、セッ（背）ノ、ホッノ、アッナ、

死後ノミヽノ洞穴（ホ、乃・アナ）の蟲ノ音《ネ》ノ住《ス》ッ、……スんだッ灰色ノあおい香《カ》

旅の始まりは二〇〇四年三月十六日。いみじくも詩篇冒頭「クラ、ケ」（亀裂）を強調する著者は、洞穴のごとく空いた「ミヽ」（耳）の感度を死後のレベルへと移し、ウツ「洞穴」を埋める「ホ」（穂り）の充満に待機する。たがうことなく、身体の空白化の手続きに入っている著者によって認められたこの穴は、風景についての回想や他者の声を手がかりにさらに深く見つめられる。

好摩ノ、渋民、近クノ、アレは、トンネルだッた。シグナルやシグナレスよりモ、怖（コ）、ワイ、ズイ、ノ、アナ
ズイ、ノ、アナ、ニ、……

この長篇詩においては、行の展開にともなう複合的な意味の成立は叶わず、いわば言葉の穴から、穴の向こう側（死後）の声がひたすらこちら（表記）側に漏れる、という構造にある。主にカタカナ表記によって記される詩の行が、どこか地表よりも少し下のあたりからの響きとして聞こえるのは、著者が立っているレベルと声のレベルが水平ではなく、穴を通じ上下にずれているからだろう。この多孔質の原稿表面の向こうには、言葉の死後、すなわち声の不在それ自体が「怖（コ）、ワイ」穴として見開いている。

『The Other Voice』における身体の空白化は「口」に係っていたが、『ごろごろ』における空白化はその穴に係っている。穴がその具体性を見せるのは次の箇所、この長篇詩が書かれた前年、二〇〇三年に死去した彫刻家の声が記された箇所である。

「サビハ、ミルニ、タエル（若林奮）」（……）空（ソラ）ノ、物蔭（モノカゲ）、ナヽヤ（納屋）ノト、ノ、ト、ノ、スキマ（透-間）カラ、ノヽゾイテ、イル、メ（目）ノ、トー（盗）、ユ（愉）ノ、コ、ロノ、ソ、コ、（底ノソ、コ、）ノコヽロ＝アカサビ

さびしい空に穴が開き、それは物蔭であり透間のように見える。この穴への視線において、詩篇上もっとも重要な存在、動力的存在が捉えられている。それが、この世の「底ノソコ」で見開いている「サビ」た「メ（目）」だ。

ことは一気に巻末へと下る。二〇〇四年三月三十一日、「黄-昏（タソがーれ）」が、来ーた、コーザ」との呟きを残した沖縄・コザを経て同年四月一日、沖永良部島・和泊へと引き返す。旅は終わりを迎えている。著者の瞳は平らな平面に変形している。瞳はこちら側と向こう側のヴィジョンを両面から映す、一枚の〝間〟になって広げられている。

詩ノ汐ノ穴

和泊リ、ニ、（ワタ、クシッ）不思議ッナ、スクーリンニ、なッて、戻ッテ
来ていた

さらに徳之島・亀徳港へと向かう船上、洋上に浮ぶ徳之島の薄い島影を眺めていると、一匹の盲いた亀が「スクーリン」となった瞳に映り込み、瞳は亀の盲目のものへとセルフイメージを変える。

盲亀ガッ、（モーキ）ガッ、盲亀ガッ、（モーキ）ガッ

ワタ、クシ、タチッ、ットォ、ウォ、ウォ、ウォ、モーキ、ガッ、イッ、ッショ（一緒）ッ、ニッ、キ（来）ッ、ッツ、ッテ、イルカ、ノワッ、ッワ、カッ、カッ、カクッ、カクッ、ヂイッ、ッツ、ダッ。イルカッ、ッツト、クノ、イロ（色）、ノシ、マ

ソ、ノティ（手）、ソ、ノティ（手）、ソ、ノッ、ティティ、ソ、ノティ（手）ッ、ティ（手）ッ、チ、チ、チ、チ、……

八日、モ（藻？　毛？）タッ、ッタ、ソ、ノヒ（日）、ノ＝ウ、チュウッ、……誰カヾッ、……

《古》、人目をしのぶ＝*furtif(ve)*［furtif-iːv］＝フュルティフ、フュルティフ

（……）

ソン、ソン＝*furtif*＝手々（ティ、ティ）ノ、*be*＝*worm*＝*out?*　海底（みなそコ）
ニ、すッかりト、摩《ス》レタ

「目（メ）」は瞳を閉じている。この世という広大で茫漠たる水性の光景を追いかけた目は、平らになってたゆたい高度を下げてゆく。海の比喩をさまよい、海底に着いた瞳は、この世の巌に目をぶつけては痛めまた浮き上がり、また海底で擦れては少し浮き上がる、といった動作を繰り返す。使い古し「摩レタ」瞳にはいよいよ光は届かなくなり、浮き沈みの均衡点を一気に下げて人目を忍ぶ。それが「盲亀」のヴィジョンである。

盲亀（モーキ）ノ、メ（瞳）

乃
、、

さび
ドィッ、ドィッ、コッッ、コツッ、ドィッ、ドィッコッッ、コッツ（何処）、シッッッ、オッッッ（汐）、ノ
ッ、アッ、ナッ、ナッ、ナッ、アッ、ナッ、アッナッ、ッィ
乃

、、

さび

見えるものは錆である。瞳が錆び心も錆びて海底を這う亀の姿には、たとえば初期の代表的な詩「疾走詩篇」の最後「ふたたび／太陽は復活してはならない／ここに記録した／悲鳴の系統図はやがてみずから燃えるであろう／すべてを愛して／さらに千の黒点に裂けて」との行を重ねてもいいだろう。黒点に裂けた目はついに平面となり、やがて沈没船のように空っぽな時間に任せるまま錆びるだけだ。

　しかし、人目を忍ぶことにさえなった著者の「サビ」た「メ（瞳）」は、錆を錆び切らせることによって、詩を噴出する空洞へと変貌する。目は底が抜けた空洞となって大きく深く見開き、沈殿する光景の記憶を壊れた声に変換して、目の奥から噴くのだ。

「人目を忍ぶ」とは実は、詩篇中で説明されるとおり『エクリチュールと差異』（ジャック・デリダ）から引用されたものであった。忍ぶことは決してつつましやかな手控えではなかった。それは言葉をめぐる「盗人のやり口」である。いささかデフォルメしてまとめれば、言葉を他者から奪い取る盗人は、奪う相手がそれに気づく前に奪い取って、代用物をその手に置いて後ろ手に去るくらいの余裕を持つ、そんな素早い仕事の者だとされている。

　だとすればこの「盗人」はついに堪えることなく、この世で掠め取った光景を詩の行として構成もせずに噴いている。それが「詩ノ汐ノ穴」のことだ。たとえば、アッコウッ、アッカギッ、シダッ、コケ（苔）ッ、ソテツッ（蘇鉄ッ）、アカッ、ショービ、ッン、ルリッ、ッカケッ、スン、スン、……ド、コ（何処）カッ、ヘッ、イッ、ック、イッ、ック（行ク）、ッノ、ッデ、ッハ、ナッ、ッイ、サッ、ビッ、シュ（錆朱ュッ）ニッ、サッ、ビッ、シュ（錆朱ュッ）ニッ、ミチッ、ミンツチッ、ミチッ、ミンツチッ、サッ、ビッ、シュ（錆朱ュッ）ニッ、ミチヲ、アケルコト、……。（……）

詩ノ汐ノ穴

詩集中、約五ページ九カ所に亘る「詩の汐の穴」との行が連続する箇所には、各行に右記のような旅の記録、いわば壊れた声が小さな文字サイズで添えられている。だが、当然ながら一連の書記が単純な回想のものであるわけがない。これはそのヴィジュアルどおりに、声が砕けて噴出するさまの描写と見るべきだ。

長篇詩『ごろごろ』はこの噴出の場面をもってクライマックスを迎えるが、これら空洞の断然の高揚をもって、錆びていたはずの瞳は覚醒する。

アサ、サ

別（べつ）ノ、入口、……そノ痕《コン》跡ノ（アト）

（……）

四月四日（日曜日）大潮、（奥サン、福崎サン、……ノ）「ばしゃ山」にッ、ヰてィー、朝、カミッ、ノーミチ、オホヽシホヽ?、ホヽ、ホヽ、ミヽ、ミヽ

未来（ミライ）ノ、ミルク（弥勒）ノ、ミトメ（瞳）ノ、ト［戸］문［mun：ムン］
ときノかげロー、陽炎－かげロー［陽炎］아지랑이［adʒiraŋi: アジランイ］

アサ、サ
アマミ空港、ニッ、タソ、カレ（黄－昏）ガッ、ッ、ヤッ、ティ（手）ッ、キッ＝ユーッ、ッグ、レッ（夕暮）ッ、タッ。四月四日（日曜日）、ユー、グレッ、ッティー

ごろごろ
ごろごろ

ごろごろ
ごろごろ

ごろごろ

空洞となった目は、「別の」（The Other）の入り口を見出す。それは「未来」であり救済そのものの「弥勒」であり、翻って未来であり救済であるところの「瞳」という出口である。

詩集『The Other Voice』『ごろごろ』を通過することで、著者の瞳も声も空っぽになった。譲

り渡し使い果たした身体的空白地は、いわば「詩の汐の穴」という祝砲を打ちあげて、「ごろごろ」という音をそのふところに迎えていたのである。

3. 未来への静かな場所

後ろ髪を引かれる思いは潰えた。「しゃがんで話しながら路上の小石や砂などをつまんだりする」(「ベルと太陽」、『静かな場所』)ことや、「私とあなたが別れたとき、離れてしばらく、振る手と歩行が合わなくなっていた」(「朝日の射す部屋」、『大病院脇に聳えたつ一本の巨樹への手紙』)ことや、「岩蔭に、馬が立っていて、通行を、見詰めていた」(「河の声から川倉へ」、『螺旋歌』)ことや、いくらでも挙げることのできる、やさしい者の踏み迷いやためらい、手控えといった気持ちはこの世のどこに隠れてしまったのだろう。とりわけ『螺旋歌』から『「雪の島」あるいは「エミリーの幽霊」』が出版された一九九〇年代という、筆先におそらく最も繊細な手つきがあった頃、吉増剛造の著者像はまるで一本の透明な羽であった。その筆はいまや、空から圧倒的にやってくる者の雰囲気に覆われている。再び『怪物君』のことだ。

一切の遠慮をなくして言えば『怪物君』を震災後という文脈で読むのは残酷過ぎる。もしその文脈を採れば、詩集に見られる著者の高揚がときに、いわゆる戦争協力詩と同レベルの質を見せていることに逐一、気づかざるを得なくなるだろう。巨大な像の到来や超越者の気配についての記述、たとえば「とても丁寧な巨樹《おほきき》がこころに樹《た》ー間つ気がしていた、、、、、」(同詩集「I」)や「濁った足音が、みえてきていた、」(同、傍点原文)といったところに見られる、ヴィジョンの結晶度の如何とは無関係な、災厄への欲望がそれである。渦中にあることの高揚に詩がその動力を求めるとき、詩の言葉は災厄という偶発事に必然性を与え、その進行を追認するものとして機能する。

振り返れば、戦争協力詩自体には戦争を推し進める力はなかったはずだ。しかし、戦時であることを追認する点においてまぎれもなく戦争の遂行に加担していた。『怪物君』もひとつの震災詩、すなわち自身の高揚をあたかも死者への鎮魂であるかのようにすり替える詩の群れであるとすれば、詩集は震災後という時間にぶら下がった独善のバリエーションでしかなく、個人的な高揚はまもなく干されるだろう。

また、もしこの詩集が震災の死者に捧げられたものであるならば、なぜ東日本大震災の被災者に捧げられて、ほかの災害の死者には捧げられていないのか、もしくは、なぜ悼むべき死者が選別されるのか、といった問いに答えることができない。それとも、他の苦難にあった者を視野に入れないという選択をするほどに、この震災は著者にとって核心的であったということだろうか。もしそうであるならば、なぜなのか。未曾有の原発事故をともなったゆえだろうか。

災厄の大小をいうのは社会的な評価を受け入れているだけのことで、ひとりの人間を死に至らしめる出来事の取り返しのつかなさはすべての出来事において、厳密にイコールである。このイコールを結ぶのが人の、最良の仕事であることは論を待たない。もし『怪物君』がそのような質、いいかえれば人間性の最後の砦である共苦のレベルを捨象しているのではない、というのならば、むしろ『怪物君』は人の生死の問題とはまったく関わっておらず、東日本大震災はむしろ題材に過ぎない、と弁解するべきではないのか。

ほんとうは、原発が何基爆発し津波がいくら襲おうとも、根源的な力の表象としては、蟻の巣穴や子供の作った砂山の崩壊とさえたがうところはない。そのような認識において、吉増剛造は感受の巨大さを見せつけてきたはずだ。いったいなぜ、これまで書かれてきた詩の言葉とは質の異なる、このような不用意な詩集が現れたのか。それとも『怪物君』には、震災後の文脈とは別のことが書かれているのだろうか。

かつて、やさしい者の踏む足跡は螺旋形であった。詩集『螺旋歌』のみならず、散文集『螺旋形を想像せよ』、映画フィルム「まいまいず井戸」といったタイトルからも分かるように、「螺旋形」は吉増剛造の詩を考えるうえで、「刺青」「傍」などと並ぶ重要なキーワードとしてあった。螺旋形とは、行き場のない者が右往左往し、その動揺の持続が自働化した結果に残される軌跡のことだ。行き場のなさがさらに螺旋を描き、次第に垂直に収束して自らを穿つとき、不思議な空洞が心に抜けて風が吹き抜ける。その風の音の胸の詰まるような悲しみが、吉増剛造の遠くは『熱風』から『ごろごろ』に至るまでの詩の行間を特徴づけていたように思われる。

前章冒頭で述べたように、いまやこの空洞の状態が水準となった。著者は悲しい風を所与としている。「ごろごろ」という到来の音が声を空白にし、瞳を空白にして著者の体を抜けていったとき、やってきたのは何もない風景だった。空白化という身体的および言語的酷使のプロセスはその果て、まるで不毛な「静かな場所」を開いている。

しかしよく見れば、この「静かな場所」は内容として空白ではなく、空白なるものの存在「不在」を複数のプラトーとして残している。それが「リクゼンタカタノスナヤマ」である。その砂山には「スナヤマノカケ」（蔭）という、少し庇の出ているような場所がある。

先んじていえば、この詩集の白眉はこの世の原初的動力の発動を捉えたことでもなく、その状況を歌い得たことでもなく、著者の破壊的性格をもって災厄を身体化したことでもなく、当然震災復興などとは何の関わりもない。そうではなくて、どんなにこの世が破壊されても、破壊の痕跡は陸前高田の砂山のように、具体的な膨らみを伴ってこの世に残存し、それが胞衣となって、新しい別の生命の胎動を準備するという、夢のような再生の永遠を自身のウツなる身体性の延長線上に、詩として記し得たことにある。

おそらく著者は、この砂山に自らの体を重ねて見ている。与えられる声を発し（『The Other Voice』）、噴き出す詩のヴィジョンに瞳をゆだね（『ごろごろ』）、そうして積み上がった言葉の跡、すなわち詩集という砂山（『怪物君』）が著者の身体性を表現している。砂山であるところの空洞は、それ自体が空洞（蔭）としての体を表現しており、別の何かを孕もうと備えている。

胞衣、、côtés乃

ソノ傍《ソハ》＝そば［傍］ 곁 ［kjɔ^{t}：キョッ］ わき (能)ノ

この「胞衣」の箇所のやや後には「恋ノ羽撃ノ、ヽヽヽヽ／羽音《ハネ》、／緒《ヲ》／、毛《も》、枯《が》、零《ré》、手《té》」との行が置かれているが、恋心まで磨り潰された生命の有余のなさが、何としても胞衣を用意すべく奮闘する詩の性急を強調している。この性急さが「ハンキョーラン」であり、それは迂闊さや高揚のものではないのだ。

当然、胞衣をめぐる修辞上の展開も押さえておくべきではある。胞衣に包まれる種子をたとえば著者は、「来るべき球状の言葉」や「未来の聲」などといったバリエーションで表現し、胞衣についても、「詩嚢」というイメージを含ませるなどし、再生のヴィジョンが曼荼羅図として実を結ぼうとする。しかしながら、この詩集の目的は「カケ」という場所の示唆にあり、表現の問題は副次に過ぎない。ここに、他の詩集と比較したときのイレギュラーさがある。

種子の到来は未来のことであって、ついにゆだねられるものである。一方、胞衣の所在は予感に留まってはならず、その示唆は生者の責務に係わっている。だから、巻末に向けて増える「蔭」を含むフレーズ「(grâce、、、、、御蔭、、、、、)」「巨きな岩陰デ、イブがアダムニ、囁いている、、、、、」「毛＝も、、、、、樹《こ》-間《かけ》、、、、、、」といった箇所の引用をもって強調すれば、

『怪物君』は再生の場所についての詩集である。もしくは、「スナヤマ」についての詩集である。

著者自身キーワードとする「空洞」の視座から『The Other Voice』『ごろごろ』『怪物君』を読んだとき、そこに現れてくる著者像の身体を怪物的といって差し支えはないだろう。空白が未来のためにそのへりを折り曲げ、自らの空白を抱き込んだとき、空白は蔭として空洞化する。空洞という物蔭にこそ、声やヴィジョンの言葉は生きることができ、未来も育まれる。そう示す怪物的身体は何も救済せず、ただ未来に具えられている。それはおそらく、怪物的というより供儀的である。

もうひとつ、空洞化を促した「ごろごろ」という「凄い韻律」(「燃える」)の正体もおさえておかねばならない。詩集の読解上ついに不明であるこの音は、あの音ではないのか。聖書に描かれる、イエスの墓を塞いでいた大きな石の転がる音ではないのか。

イエスが処刑されて三日後の明け方、二人の女マリアが岩に掘られたイエスの墓を訪ねると、大きな地震が起き天使が現れた。天使は、墓を塞ぐ大きな石を脇に転がして亡骸のないことを示し、二人にイエスの復活を告げた。「マタイの福音書」にはそう書かれている。イエスの復活については、詩集に重ねる論拠がない。しかし、イエスが消えた後のほんとうの空っぽさは、「スナヤマノカケ」に重なる「蔭」の場所のことなのではないか。

墓のなかに何にもないことを知ったマリアの耳にはおそらく、「ごろごろ」という石の歯車のような音が残響していたに違いない。墓というより、もはや岩に掘られた空洞でしかない場所が醸す静けさを、マリアは絶句し見つめただろう。イエスの墓、そして陸前高田での「スナヤマノカケ」という、胞衣に重なるこの蔭の感じこそが、復活を告げるほんとうの空っぽな場所、いいかえれば神的未来を孕む膨らみの場所なのだとはいえないか。

　そう考えると、詩集後半に記された「一足一足が神の呼吸の痕跡／とでもあると呟きながら、五月には／双葉、常葉、浪江、南相馬、会津、／檜枝岐に、この道をともに歩いて行くことになる、、、、、」という箇所を見逃すことはできない。この詩集は信仰告白なのだろうか。そうであるとしても、強調しなければならないことは別にある。それは「スナヤマノカケ」を見てたかぶる著者のまなざしは、イエスの墓が空っぽであることを彼の弟子たちに伝えに走った、女たちのそれと同じであるという点だ。言葉の残骸にうずまる詩集はこの点において、詩集としての到達を強く主張している。

　イエスはその存在の抹殺が企まれても、ついに身を翻した。著者はこのヴィジョンを詩集という言葉の砂山に映し、東日本大震災の死者ではない者に手向けているのではないか。つまり、墓という死後の場所はすでに不在のものである。死者はこの蔭、「スナヤマノカケ」からすでに立ち去っていると。

※本稿における「空白」および「空洞」の論点は、図録「吉増剛造展」における吉田文憲、菊井崇史両氏との対談、また二〇一八年七月放映Eテレ「こころの時代　詩の傍で」（出演・吉増剛造）での吉増自身の発言に示唆されている。

第Ⅱ章

百姓の感受——石牟礼道子の記憶について

1．地面を庇う

石牟礼道子の感覚の底には、畑の地面が広がっている。彼女は幼女でも巫女でも、はたまた未分の世界に浸りこの世から遊離していた者でもない。彼女は百姓の感受にある者であり、その作品のいくらかは土のアングルからの視線によって支えられている。

たとえば、水俣病患者の支援運動に際して上京した折、コンクリートとアスファルトで埋め尽くされた東京の姿に驚き、まず心を寄せたのは地面の無残さだった。

無脳児のみやこの露地にゆき暮れて
わたしは生き埋めの地面に頬すりよせ
祖《おや》の国の名をちいさな声で呼んでみる
にんげんよ　にんげんよ　と

（「死民たちの春」、初出『朝日ジャーナル』一九七一年一月十五日号）

一九七〇年の五月、剛直に伸びる葦の群生が見られたかつての関東平野の渚は一面どこまでも窒息し、窒息した土の上に成り立つ、たとえば霞が関や丸の内界隈の路上は、官公庁および大企業のオフィスから吐き出される、心なき「死民」の群れによってさらにかたく踏み固められていた。少なくとも彼女にはそのような惨状に見えた。

そのように見えるということは、コンクリートの下に眠っている土のほんとうの姿が既知のものであるからだ。彼女にとってはおそらく、生き埋めの「地面」という平面的な水準が「国」であり「にんげん」の水準でさえあった。だから、東京を見渡し「ゆき暮れて」いたのは当然の反応だったといえる。

さらに、「祖の国」でも「にんげん」でもなくなったこの街および都市住民の全体は、彼女の眼には食えるものをただ無心に平らげる、ひとつの非情な人格「蛭」として映った。

蛭よ　おまえは無選択によく食べ進み
この国の直土《ひたつち》の髄深く食い入った

（同）

地べたの感触で捉えられる国なるものの内容は、幻想の領域であるというより感覚の領域に属している。温度や湿度、また手触りなどによるその領域は単純な意味で、人間の心理を下降する。その下降は、人間のもっとも古い感覚と結びつき、幻想とはまったく異なる質において確信に変わる。

国が権力構造でも人格でもなく、手のひらに接するものであるという確信においては、現状に仮構されているところの国は茶番であり、それゆえ正面から否定すべき対象として実体化する。一見ささやかなものでありながらも、幻想としての国を根底から覆す威力にあるこの確信は、再度強調すれば、単に東京の異様な街並みに当てられて咄嗟に得られたものではなく、都市の現状と相入れない記憶がすでにあったからだというべきだ。

彼女は、土に近しかった自分の体を窒息する都市の平面上に臥すことで、土を謂われなき窮状に追い込む死民の群れを告発した。そして告発されていることを知らないという意味において、死民の群れは石牟礼道子の詩を通じて二度目を死んでいた。この死民の群れには当然、水俣病の原因をつくりその原因を等閑にしようとさえした、チッソおよび厚生省に属する者も含まれる。

一九七〇年の五月、東京の路上に頬を摺り寄せる彼女に対して、東京の死民の群れがどのようなまなざしを向けていたか。彼らの目の前でひざまずく彼女の姿は、ほんとうの国なるものの水準を示し、またその水準の提示において、この国の中枢とされる場所からほんとうの国を奪還しようとするものだった。

2. 自分を投げ込むという書法

しかしながら石牟礼道子といえば、不知火の海に魅せられた、おのずと海へと視線が伸びゆく質の作家ではなかったたか。逆に言えば、彼女の感受の裏には土の感触がべったりと張りついており、その土の総量の先に、鬱屈の出口としてあったのが海というものだったのではないだろうか。幼少期の水俣での暮らしをつづった自伝『椿の海の記』を読めば、石牟礼道子にとって水俣の海は、この世に生きる喜びを魚や貝や海藻のかたちで運んでくる、楽土として捉えられていたことが分かる。父方母方ともに天草に出自があるという彼女にとっては、懐かしいその島の幻影もまた、出口たる海の先に浮かんでいたに違いない。

幼少期、彼女の家は「石方」であるにもかかわらず山をなくし、あげく差し押さえに遭い、水俣川河口の「流れ者」の集落「とんとん村」に身を寄せていた。これ以上前にも後ろにも動けない一家の者であることを幼いながら理解し、薄暗い日々に子供らしくも無邪気さをわずかばかりまぶして生きていた。そのような彼女にとって、海への視線の解放は心理的な救いであったはずだ。彼女の心理における防衛線であったこの海において水俣病が現れたとき、彼女は自身の破綻がかかる問題として、絶対に患者を庇わなければならなかった。

強い擁護の意志が私的に込められている「わが水俣病」とは、代表作のひとつ『苦海浄土』の副題だが、当然ながら病にある者を病抜きに抱擁することはできない。その擁護においては、病をわたしのものとして抱き留めうるか否かが突きつけられる。だから、彼女はぎりぎりまで病んだ水俣をまるごと「わが」身に引き寄せようとした。だがさらに、挟み撃ちにあう。ほんとうの苦しみにある者はその抱擁を侮蔑する。たとえば、鹿児島・出水の漁師釜鶴松と水俣市立病院において出会った際のこと。

あきらかに彼は自分のおかれている状態を恥じ、怒っていた。彼は苦痛を表明するよりも怒りを表明していた。見も知らぬ健康人であり見舞者であるわたくしに、本能的に仮想敵の姿をみようとしたとしても、彼にすればきわめて当然のことである。

こう感じたのは、非対称としての関係においては当然、あるべき触知だった。

石牟礼道子の書く文章は、侮蔑や拒絶への目配りもあってか、告発に向け裂帛の筆致を見せつつあってさえ、どこか自分の存在を裁いているように感じられる。思い起こせば、都市住民を「蛭」と名指した先の「死民たちの春」においてさえ、

おまえが呑みこみ吐き捨てて来た者たちは
こころざし慎ましくして
低きがゆえにあらねど
遂げえざる希みをいだく

せつせつたる魂である

と追い詰めながらも、彼女はそう追い詰めるために、

這いずるためだけに肥大した
蛭の中にわたしは這入りこむ

つまり、身を引いてコントラストを強調するというより、自棄というべきか自分を禍のなかに投げ込んでしまう。

水俣病患者の暮らしが綴られる『苦海浄土』においては、何より患者やその家族の気高さを記すことで、結果的に法人チッソや国という幻想の真なる病を明らかにした。その患者らの気高さは、最弱の立場に追い込まれた者が放つ、いわば存在の最後の火花であった。そして石牟礼道子は叙述の過程で、その火花が生じるにはもう一方に打ち合わされるべき存在が必要なことを確かめていた。

苦境にある者らの間に自らを投げ込み打ち合わせ、そこに生じるものを記すという方法論。それはおそらく本能的に導き出されているものだが、彼女が性としてそういう方法をとってしまう端緒はどこにあったか。

3．畑に追いやられた言葉

『椿の海の記』は子供の低い視線によって捉えられた、身近な野草や水辺の生き物の存在が華やぐ、原初的美のプリズムの描写である。そういえる一方で、そのプリズムから少し視角をずらせば、地獄の業火に見舞われる人間世界のリアリズムのものとなる。仏教的なイメージが下敷きとなったこの世の身も蓋もない病の姿は、彼女に「いまいるこの世はひょっとして、まだ生まれ替わらぬまえの前の生か、それとももう後の生ではあるまいか」との認識をもたらし、出水のあった春の日には、現世への落胆において彼女をその渦の中に身を投げ込ませさえした。

水俣のはずれの集落から見られたこの世の姿は、石牟礼道子の幼いこころのなかでおそらく、祖父の本妻であり「盲目の狂女」である祖母「おもかさま」の姿を極点に膨らんだもので、「いずれ自分もおもかさまのようになるのだと、わたしは思い込ん」でもいた。それでは、そう思い込ませたおもかさまの姿とは具体的にはどのようであったか。

（……）おもかさまは、自分ではもうけして櫛目を入れなくなっている白髪を、盲《めし》いた顔の前や背中に垂らしていた。着せても着せても引き裂いてしまう着物を藻のようにぞろ曳き、青竹の杖で、覚つかない足元を探りながら歩いてゆくのだが、ときどきその杖をふりあげては天を指し、首かたむけて何事かを聴いているが、盲いたまなこに遠い空の鳥を見ているように、よろめいてゆくのだった。
　左の足は繊《ほそ》くてしなやかだった。右の足はでこぼこの象皮病にかかって異常に肥大していた。いつもはだしで漂浪《され》くので、しょっちゅう生爪をはぎ、彼女がたたずんでいたあとの地面が、黒々と血を吸って、こすれたような指の筋を曳いていることがよくあった。

彼女はおもかさまから目を逸らしていない。『椿の海の記』の叙述は、ある場面や対象への筆致が安定し、展開の流れが整ったかに見えるところで、おもかさまの存在へと引き戻される。彼女の凝視は、作品全体をそういう構造の下におく。
　それゆえこの作品は、おもかさまからの逃れがたさを描いたものだともいえるが、その逃れがたさはコンプレックスのようなものではない。「わたし」より生き運が悪く虐げられ、しかし生の条件をめぐるひどい劣勢によってこそこの世に立つという、人間存在が被る条件の上限下限を同時に示す者からのびる、影のことである。この者は虐げられつつも、虐げられていることにおいて虐げる者の存在を凌駕している。そういう心理が働かなければ、おもかさまはただ忘れ去られるべき存在に過ぎなかったはずだ。

その祖母のおもかさまは、いつも、

「しんけいどーん」

と子どもたちから、町や村の辻々で囃《はや》し立てられ、石のつぶてが、彼女をめがけて飛んできたりした。彼女は自分の影のようなちいさな孫娘のわたしをうしろに伴っていたり、あるときは、ちいさなわたしの曳いている影が、そのような祖母の姿でもあった。

おもかさまは祖母である。母の母という肉親に対して、村の子どもたちが囃し立て石さえ投げつける。祖母の背後から子どもたちの仕業を覗き見る、同じ子どもであった石牟礼道子は、知らぬうちに祖母の影と「わたしの影」を重ねている。この祖母とわたしの健気な同化は、祖母をわたしにおいて報われるものとする、そういう遠い未来を幼いこころに決心させていたとしても不思議ではないだろう。

石を投げられる者と石を投げる者の存在としてのコントラストは、水俣病の患者と原因企業のそれに容易に重なる。両者の関係において、石を投げる者からの本質的な謝罪はほとんどありえない。なぜなら、それが冷やかしであろうと経済活動であろうと、善悪の判断とは係わらない動機において為されているからだ。もはや非対称でさえあるこの関係性の偏在、および和解の不可能に対する直感は、幼い子にしてこの世を捉える精度のレベルを格段に引き上げさせ、また和解の不可能さが胸のうちで定まれば定まるほど、石を投げられる者への心理的投擲をより深く決意させる。つまり、おもかさまの存在は終生保たれる、この姿勢の契機となったのではないだろうか。

彼女の家は「とんとん村」に「ちいさな石山と畑を持ってい」たが、この祖母の子ども、つまり石牟礼道子の母「春乃」と「はつの」の姉妹は夏のある日、見渡す限りの段々畑に入って言い合わせていた。

「ほう、今日はこれだけの草畠ば片づけた。うつくしか畠になったぞねえ」

うつくしか畠になった、とか、草山のちらちらするとか、磯の浜の巻貝《びな》どもが目にちらちらするなどというくらいがこの姉妹の関心になった。おもかさまが発狂する前後のことはもう、忘れたねえといい、孫のわたしにくらべれば、いっきょに生身で、奈落の境涯におちたのだから、世間の目は、幾度もその生身をなぶりつづけたにちがいなかった。この姉妹は、自分から進んで人にまじわるところがなくて、ことに妹の方には離人的傾向がある。まぶたにちらちらするのは、草山になった畠やうつくしか畠ばかりではあるまいに、花鳥風月や里芋のみじょか子などの世界にさえいれば、いちばん気にも合い、心やすらぐようになってしまったにちがいない。

ある局面への意識の投げ入れが石牟礼道子の作家としての方法論であるとすれば、母は日常生活において、その方法論なるものを書き残すべくもなく実行していた。つまり百姓という、季節の反復に伴う何十年にも亘るかがみ仕事の現場に、母は自らの感情の起伏のほとんどを投げ入れていたのだった。

そう考えると、またしても非対称不可能な関係性が浮かび上がる。自身の母を「木の蔭などにあって、草や土と等しいものになって生きられれば、それがいちばんやすらかにちがいなかった」ところの者に追いやったのは間違いなく、なぶるような「世間の目」である。なぜ母が人から距離をとり、土に近しい存在となるべく生きざるを得なかったのか。町の人間から蔑まれたという集落に住み、さらには山手の畑へと追い込まれた境涯と沈黙を考えれば、彼女は母らの姿に作家として絶対に報いなければならないはずだ。

悲劇という見るべきでない見るべきものを見てしまった責任が、どれほどの大きさとかたちで捉えられるか。その如何は作家としての存在の大小を表現する。「うつくしか畠」以上の美に関わる言葉を口にしない、母の抑制と素朴を見過ごしたとたん、彼女は書くべきものの一切をなくす。なぜなら、「狂女」の祖母から連なる三代は、これ以上の沈黙と侮蔑に耐えるものであってはならないからだ。それは宿命だろうか、それとも意志だろうか。彼女は知らぬうちに苦境へと投げ入れられ、それ以後苦境に進んで自らを投げ入れ続けた。

4．上限としての「ちらちら」

『椿の海の記』に記される百姓仕事の運び、また田畑の様子は、テンポよく要点を押さえられているうえに正確である。このテンポのよさは一見単調に見える農作業において、その出来と時間の短縮に密接に関わっている。畑を見る眼のよさは、日々の仕事の段取りすべてを決める。すなわち、百姓仕事をしたことのある者の筆致である。

畑に関わる記述が特にまとまっているのは第六章「うつつ草紙」だが、いくつか列挙すれば、

「これが芹《せり》、これがよめ菜。まだ芽の出たばっかりじゃけん、今日は七草粥に入るるしか摘《つ》んじゃならん。まちっと育って来たなれば、うんと摘み集めて、よめ菜飯の御馳走にしゅう。春の七草の中じゃ、この草がいちばん良う伸びる菜ぞ」

残雪が畦に残っている年もあり、南国には早く来る陽光が、野面にさしかけている年もあった。もうあきらかに早春の気配が土の色にもこもっていて、実科女学校にゆきたかったうら若いはつのが、この行事に加わると、必ずあの「早春賦」を小声でうたい出した。

八幡さまの祭がすんで五月も半ばをすぎる頃になると、そら豆の花畠が紋白蝶を呼ぶ。そら豆はぽってりとした楕円形の、乳緑色をした葉をつけていて、幼女たちの唇によくなじみ舌の先に含めばぷうとまるくふくらんで、ほおずきのように鳴った。そら豆の茎というもの

は成長が早い。
流れのとどこおる湿田は蛭《ひる》も湧かせていたが、そのような枝川は水が豊富で、水底に、海のひじきによく似た水藻を密生させながら流れているのだった。流れの勢いに揺れ靡《なび》いているその水草は、重なりの深い枝の間に、さまざまの淡水魚や小指の爪ほどな小さなカニや、川えびのたぐいを棲まわせていた。子どもたちはもう非常にちいさい時から、そのような川にもよくなじみ、水に棲まうちいさな魚や虫類の育ってゆく過程などを見て川の生態によく通じ、流れにそって下っては、田んぼや海に注ぐ水門のあり方なども不可分に暮らしていた。

すべて、地べたに坐り込んだことがある者の言葉である。田畑に向けられたまなざしを描くこれらの文章は、文脈そのものにおいて、どのような文明批判の言説よりも強度がある。それは土とともに生き、作物の生理に詳しく、生態系の原理を体で知っている、ということだけによるのではない。うら若い女性であれ、「幼女」であれ「子どもたち」であれ、「早春の気配が土の色にもこもってい」ることを感受しており、そら豆の葉が「唇によくなじみ舌の先に含めばぷうとまるくふくらんで、ほおずきのように鳴」ることを感受しており、湿田が「流れのとどこおる」ことや水草が「流れの勢いに揺れ靡いてい」て「重なりの深い枝の間」をもっていることを感受しており、しかしその感受を言葉にはせず、自らの胸のうちで感慨を膨らませていることに言葉以上の精確な認識があること、そしてその感受と認識は言説以下ではありえない、そう重ねて伝えているからだ。

感受を口にしないこの節制の数々が、畑に身を寄せた母の胸中と地続きのものとして現れているのはいうまでもない。そして、母らを憐れんで述べた「草山のちらちらするとか、磯の浜の巻貝《び》ども《な》が目にちらちらするなどというくらいがこの姉妹の関心になった」ところの「ちらちら」が、この世の最上の視野として捉えられているのが『椿の海の記』であり、ひいては彼女の作品においてあまねく瞬いているはずの、近代以前からの瞬きの内容、そのすべてがこの「ちらちら」という擬態語に含まれているのではないだろうか。だから、母の胸中は彼女の筆が続く限りにおいて、またその胸中が自分のこととして読者に届く限りにおいて、事後的に輝き続ける。彼女は母に報いるため、作品をそう描いていた。

ところで、この世に落胆を深めつつ、その落胆の元凶に自らを投げ入れる端緒となったおもかさまはどうなってしまうのか。そして、おもかさまという影によって逆に存在の位置が確かめられていた幼女、石牟礼道子はその未来において何の影になるのか。

おもかさまの魂がもどらんのは、ひとつには、荒神さまのひっついておらい申すからじゃろう、といい出すのは、お澄さまだった。（……）ひっつこうとも思うても、自分と似たような性の人間ではおもしろくない。神人ともにこれはとびっくりするような、自分を無にしてしまうようなやわらかい性の人間に行ってとりつかれる、ということであった。お澄さまがいうように、
「神様も犬猫も区別なし、誰彼なし、あとさきなしに、尽すばかりの、おもかさまのようなお人に、かえって気の荒か荒神さまのひっつかすちゅうわな。あのようにやわらしかったお人が、あの狂いようはただの神経さまじゃなかわな。(……)」

自分を台無しにして誰にも分け隔てなく尽くしてきたやわらかな人が、最終的にその人格を破綻させ、その上子どもから石を投げられる対象となってしまうこと。その変貌のラインを跨いだ存在は明らかに、石を投げる人間の存在を凌駕している。いうまでもなく、この凌駕する者(おもかさま)のイメージは、この世に投げ入れられた「作家」にとってあるべき人間像の水準を示しているものだ。

書くことにおいて、自分をなくすほどまでに対象に思いを寄せ、しかし弾かれ、その繰り返しのうちに昇華するものを見込んだとき、その姿はたとえば草林となっている畠に入って「うつくしか畠」にする毎年のことであり、後先なしに人に尽くすことであり、生きている限りひそやかで些細な「ちらちら」をあまねく作品にまぶすことであった。それ以上の美や高次への期待は、石牟礼道子が生涯をかけて討たなければならなかったもののはずだ。

再び思い起こせば、上京した初夏にほとんどへたり込んでいたかに見える路上の彼女は醒めていた。醒めた目で、母らが屈みこんでいた畑の土、すなわち彼女らにとっての美の上限である直土を自らの体をもってこの世の水準とするべく、私たち死民の足元に敷き直していた。死民の群れから、彼らにとっての影である彼女へと投げつけられる視線は、「狂女」に対するそれであったか。そうであればこの足元の水準を庇うのは、もしそのようなものがあるとすれば、ついに国からでなければならない。

参考文献
『はにかみの国 石牟礼道子全詩集』(二〇〇二年、石風社)
『椿の海の記』(二〇一三年、河出文庫)
『新装版 苦海浄土 わが水俣病』(二〇〇四年、講談社文庫)
『石牟礼道子全集・不知火』別巻(二〇一四年、藤原書店)

いまごろになって──現代詩文庫『森崎和江詩集』

この世を享受できない者にとって、この世での位置取りはどのように可能なのか。草原に目いっぱい腕を伸ばして寝転んで、陽を浴びて歯茎を見せる、というふうなこともなく、ひとときもこの世とわが身の幸福な交接を味わうことなく私たちは去ることとなるのだろうか。森崎和江の詩は、そのような原罪意識に苛まれる者が自らに呼吸を許す、その時々の拍子として現れているものだ。

消費社会への距離も、小説で描かれた異性との最後の一線、すなわちともに暮らすことへの拒絶も、この原罪意識のラインが守られているためだ。朝鮮での出生がもたらした故郷への精神的な回帰に常に歯止めをかける内省、さらに肉親を早くに亡くした事後感が、両腕を回すように著者の胸を囲っている。

その囲いが、著者を自然に地下坑へ誘っただろうことは想像に難くない。地上で屈託なく浴びられるべき陽が所与として感じられない場合、重力に極端に逆らうか従うかしなければ、自らの水準点の調整は適わないからだ。

当然だが、日本という国（を形づくるもの）への痛烈な批判においても自らの生へのもどかしさがかなりの質量を占めているはずで、私たちは著者が何かに対して批判の矛先を向けるとき、自罰から離れている著者の自身へのいたわりを読み取らなければならないし、同じく著者が陽の光を認めて地上を叙景するとき、死者の身代わりとしての自意識が弛んだ幸福なひとときとして詩行をなぞるべきなのである。

そう考えると、たとえば詩人、丸山豊への追悼詩「水のデッサン」（『地球の祈り』、一九九八年）における故人へのまなざしは、オケイジョナルな挽歌のものではとうていなく、沈黙をともにし得るもうひとりの私の生の輪郭が失われてゆくまさにその時の、ヒューマンなドキュメンタリーとしてある。詩篇冒頭、二人で「地球の曲線がみえる」のはなぜか。曲線の自然を認め得る、もうひとりの私とともに立っているからである。これが別の者だと、そうはいかないはずだ。

「組織」をめぐる谷川雁との親密な会話を元にしたと思われる短編小説「雪炎」（『闘いとエロス』）では、丸山豊との間に交わされたような深い同意は見られない。

「（……）あなたを愛してるのはあたしの限界だわ、そのことをあたしに知らせて、あなたは、あたしを絶望させようとしたんだ」

「絶望させたいんじゃない。君を愛してるだけだ」

「愛してほしくない。おねがいだからほかの人を愛して。あたしはこれからずっと自分の愛とたたかっていくのよ。（……）」

室井という男と、契子という女の会話の一部である。「自分の愛」とたたかっていかねばならぬ者への、そのたたかいをもたらす他者の現前は端的に脅威である。その愛に内と外から挟まれ、皮膚感覚しか残っていないだろう身体によるたたかいはまもなく、自滅に至るほかない。パートナーとして求められる異性が同じ情動、すなわちこの世の否認において突き動かされている場合、最たる否定の対象として互いが互いの前にそびえる。ファミリーとしては無理でも、パートナーシップ（まさに契約）によれば暮らしをともにすることができるのではないか、という錯誤が限界まで二人を結びつけ、よりいっそう悲惨な事後を招く。一方、兵士として白骨街道をくぐり抜けた丸山豊が指し示す、地球の曲線上に描かれる「ことばのへそのおの／いのちのへそのおの／その先のつながりの／あした生まれる蝶たちの／しずかな曲線」は、原罪の身体においては救いとなるような、この世の是認の瞬間であっただろう。

さて、原罪の意識は自身の性である「女」に対しても働いているのだが、詩篇において女性に肩を寄せるような同情は見られない。むしろ、たとえば娘と母の歌垣としてある詩篇「娘たちの合唱」（『かりうどの朝』）のように、軽蔑と固執が交差する生々しい自家撞着となって現れるのである。

岸から岸へ
呪いの火がわたる
千の夜を今日にあつめて
お燃やしよ　おまえの血を
お燃やしよ　おまえを照らして

堕胎した女をはやす、女の風景を描く詩篇「狐」（『同』）では次のようである。

人間はの
つるはしが石炭に火を噴かせたごと
人間というもんを生んどらん
生んどるもんかい
人間一匹うみましたというおなごでも男でもおったらつれてきてみい
おれがなにを生んだのか見せてやる

女の体は著者が捉えた炭坑のかたちと同じく、人間であることの苦しみを一身に引き受けるまっくらな洞として現れる。体から掻き出された「茶碗いっぱいの血」(『同』)はボタ山として積み上がり、思わぬマイナスとしての大地性に女を歯ぎしりさせる。このような身体意識を憑り代のごとく引き受けている著者だが、父母をめぐる詩篇「二人」(『地球の祈り』)においては、亡くなった母を想う父の涙に、当然ながら自身の存在を素直に認め、血縁の系譜をこころに描く。

二人のとしをはるかに越えたわたしは
砂の上に二人をおろす
二人の海辺に

私には父母がある、という幸福な所与と、植民地での出生を始まりとする歴史的な事後は、意識の両極端としてある。著者の立つ位置はこの中間だ。だから、事後の人為は必ず糾弾されなければならない。さらには、その人為は出生に関わっているのだから、何より自身の体が責められなければならない、ということになってしまう。

それゆえに、二〇〇四年に刊行された詩集『ささ笛ひとつ』は感動的である。

みえないまま
しらないまま

死のにおうころ
ちらりとひかり

根っこかしら
ネオンのちまた
よっぱらってあるく
わたしのなかに
（……）
根っこかしら
しろじろと
いまごろになって
うすくれないの　ほねのあたり

木になりますかあなた
それとも
木なのかしら　わたし
ちらりとひかり

（「あさぼらけ」）

体が認められ、翻って骨が探り当てられ、異物が自身と交換される。この体の感触が手に入れられるまで、どれほどの時間が経ったのだろう。

数多くの資料や見聞をもとにして書かれたノンフィクション『からゆきさん』。その刊行は、一九七六年であった。二十代の著者は、中絶するという女性に付き添って医院に行ったとき、彼女が医者に訴えるこのような声を聞いている。

「せんせい。女ってなんですか！　この人、女の大先生です。この人に、いんばいをみせるのよ。いんばいとはね、三代にたたるんです。産みません。あたし、いんばいの子だ。ねえ、先生、おねがい。子宮を、あたしを、引き抜いてよ。ねえ、おねがい。ねえ、おねがい……」

（「玄界灘を越えて」）

また、遡って一九七四年刊行の『奈落の神々』に収められた、炭坑で働く女の体についての聞き取りは、たとえばこうである。

「多い時に働きよると噴きでるばい。力仕事じゃもの。尻立てて石炭曳くと噴きでる」

（「赤不浄」）

強迫となるくらいに、女の体の哀しみや悶えを著者は耳にしてきただろう。実際、このような内容の聞き取りが蓄積されれば、性別に限らず性を無邪気に享受することはできなくなる。それゆえ、体というものに肯き、命のうるわしさを確かめる次のような詩篇を目にしたとき、私たちは正確に救われる。

よるの谷間に
つつまれて
ゆらりゆらゆら　ながされて

ほのかにしらむ
あさぼらけ
うたっているよ　いのちたち

うまれたよ
いまうまれたよ
と　しずくたち

うたっているよ　いのちうた
みしらぬいのちへと
ひとしずく

（「よるって　なあに？」、『ささ笛ひとつ』、二〇〇四年）

原罪の意識をこの身に塗り込めるように生きてきた後、振り返ってみればこの身はやさしい記憶の姿となるのだろうか。著者に新しい生命へのめいっぱいの歓待を可能にしたのは、いったい何によるのだろうか。私たちはただ、「手をつないで孫とおもちゃを買う」（「千年の草っ原」）著者の姿を、何かが許されたものとして、またありふれた光景としてこのアンソロジーに眺めている。

半島から遠く離れて——高橋新吉「潮の女」

日本初のダダイスト高橋新吉（一九〇一―八七）には、愛媛・佐田岬半島を舞台にした小説「潮の女」（一九五六年）がある。半島の漁村に住む失恋相手の女に会いに行くという話だが、そもそもこの半島は、新吉の生涯において視野に入れざるをえない腫れ物のような存在だったといえる。

現在、原子力発電所が立地する半島の町、伊方の小中浦に生まれた新吉は、日本においてダダイズムを先駆的に受容し、詩作品およびその生き方として実現した詩人である。彼は、上京という名の蒸発、ダダイズムという名の発狂を繰り返した青年期において、半島から旅立ってはまた帰郷し、半島の付け根の町に身を潜めている。当時の交通の便を考えれば、おそらくその頻度は他の作家に比べても多かったはずだ。かといって、故郷は彼をやさしく包み込む場所ではなかった。いわば怪我の功名としてダダイズムへと成就する、彼の狂気の苗床となった場所のひとつであり、また生命維持のため半強制的に送還される、やむなき場所であった。

佐田岬半島の南側から上京するには、航路であれば八幡浜発の半島回りの船に乗らなければならない。新吉は十七歳の時、八幡浜商業学校の卒業間際になって無断で家出し、一人この半島の突端を回り抜けた。その後、彼はいきなり人生の苦境を迎え、その急勾配に喘ぎながら生きることとなった。東京の街を放浪し、衰弱し行路病者として収容され、時に留置場に入れられ、あげく発狂の果て家に拵えられた二畳敷の牢に三年近く監禁されるという、十代二十代を過ごしたのである。

彼が「象の鼻」とも呼ぶこの半島をどう捉えていたか。自伝エッセイ集『ダガバジジンギヂ物語』(一九六五年、以下『物語』)の冒頭から引けば、

私は此の半島に生れて、幼年時代をここで過した。ダガバジ・ジンギヂという私の名は、ジンギスカンとは何の関係もない。私は汗《カン》のような英雄でもなければ、スーパーマンでもない。だが、半島の背にまたがって、半島を押し立てて、富士山よりもずっと高く、跳躍したいと思ったことも、ないことはない。

この、半島をテコにしたユーモラスで伸びやかな思いは、少しも誇張したものではない。なぜなら、新吉はこの半島の付け根から精神的にできるだけ跳躍したかったのだし、その表現であるところのダダイズムの結果、何度も死線を越えかけ、さらに彼の発狂を苦にした父の自死など、

幾多の現実的な犠牲を払いながらも、半島の付け根に帰りまた半島の向こうへと身を翻して行ったからである。半島を挟んだ、このずっこけながらの跳躍が、日本における先駆的ダダイストなる者の内実であったといってよい。

生まれながらの「条件」、たとえば出生地や家族の構成といったものは、その個性を育て、時にその薄倖を養う。そして、その影響をついによく理解することなく生涯を終える。条件とはそのような酷薄さのことだ。新吉の生きる条件のひとつとなった半島という地勢は、西方へと長く腕を伸ばし、瀬戸内海と宇和海を隔てていた。その二の腕の柔らかな海浜の村で彼は生まれ、脇のところでじめじめと育ち、要に当たるひじの内側のところで、彼を破滅的な人生に追い込んだ初恋の女と再会したのだった。

ところで「潮の女」は、その初恋の女との再会をきっかけに「母なるもの」のもとに内面上帰り得たという、空想小説である。そして、新吉がダダイズムや禅の実践をつうじてようやく見当をつけることができたのは、そのようなほんとうの故郷への帰路についてである。

＊

東西約四十キロメートルにわたって細長く伸びる佐田岬半島は四国の西南に位置し、目視し得る大分・佐賀関半島と互いに鼻を突き合わせることで、潮の速い豊予海峡を形づくっている。半島は日本最大の断層「中央構造線」のほぼ真上にあり、地図上においても明らかに隆起の跡として認めることができる。海浜から急激に切り立った断崖の続く地形で、風の強い半島の尾根には風力発電の風車が何十基も並んでいる。

小説「潮の女」は、この佐田岬半島のやや付け根側中間にある、現在の伊方町二見地区・加周を舞台とする。この浜からも、半島を見上げれば巨大な風車二基が据えられてあり、いまでは「二見くるりん風の丘パーク」と称する公園が整備されている。海辺はわずかな土地の漁村で、新吉は目立って記してはいないが、潟湖の亀ヶ池がある。

浜から少し離れると、太平洋が控える宇和海に面しているにもかかわらずひっそりとした落着きがある。半島の付け根である東方には港湾都市、八幡浜が控え、西端には大分への玄関口、三崎港を有している。新吉はかつて、正確には徴兵検査を受けた一九二一年の五月のある日、発動船に飛び乗ってこの加周に隠れ住む初恋の女をふいに訪ねた。

他の小説やエッセイにもたびたび登場するこの女は、「黒子《ほくろ》の女」「黒子の娘」「黒子さん」などと言い表される。黒子の女という「この主題は何度も何度も繰返しデッサンされ」（一柳喜久子『高橋新吉全集Ⅱ』解題）、その言及は後年の『物語』のみならず、おそらく若き日の未発表小説「黒子」にも詳しかったはずだ。黒子の女というとおり、黒子が新吉の目を引いているわけだが、この女にある黒子は、母の瞼の上にあったそれを新吉に思い出させていた。母は一九一二年に早世している。「潮の女」、すなわち黒子の女は亡くなった母への思慕が呼び出した者であり、初恋とはその結果のものだった。

新吉十一歳、十月のある日の真夜中、眠っていた彼は父に起こされる。彼は「目をコスリコスリ、母の枕元に坐った。母は大きい瞼を開いて、涙を瞳に湛えていた」(『物語』)。エッセイの他の箇所に比較して、やや神経質な運びの回想が続く。

私は父に、医者を呼ぶようにせがんだ。三年間も、病妻を看護して、疲れた父は、医者を呼んでも、最早、手の施しようのないことを言った。

小さな姉と二人で、毎夜のように、お地蔵さまを拝みに行って、母の平癒を祈ったのも無駄であった。

私は母の唇を、水でうるおした。

翌日、姉は、棺の中の母の屍体に、涙をコボスものではないと、誰かに言われた。

火葬場へは、近所の桶屋のおっさんや、その他の人が行った。私は行かなかった。

母の葬式の日の事は、私はあまり覚えていない。小学生が沢山会葬した。母の骨を持って、宇和島のお寺へ、父と行った。

新吉と母の関係以外の人は、「その他の人」に決まっているし、そうとしか認められない。すなわち、母の死は新吉に、新吉と母、母と他人、他人と新吉といった関係が、それぞれ独立したものでまったく代替不可能であることを精確に教えたといえる。母子関係を極度に意識させるその死は、幼いこころにネガティブな弛緩と緊張を与え続けたはずで、しかも、その強調された関係の片方と永久に結ばれることのない赤い糸を幼子に結わえていた。

新吉はまもなく、母のおもかげを「黒子の女」に映す。松柏小学校を卒業し、町の八幡浜商業学校予科に入学した年。母の死後一年あまりを経たある日の夕暮れ、二人連れの娘が町のほうから歩いてきた。新吉は伊方の集落で六歳まで過ごしたのち、教職にあった父に伴われて、半島の付け根の八幡浜に越した。新吉が住んだ松柏は、八幡浜の港からやや内陸に入る、現在の八幡浜駅以東付近の地域に当たる。

娘は港の方からやって来て、道で遊んでいる新吉の前を通り過ぎた。「娘の瞼の上に、大きい黒子《ほくろ》があるのを、まじまじと見たのであった」。娘はさらに東の山中に向かって歩いてゆく。「私の母の瞼の上にも黒子があった。私は母の幻しを、此の娘に写して、強く惹き付けられたのであった」

若きダダイスト新吉の詩的動力は、人生上の動力とイコールだったに違いない。その動力となったのは母への強い思慕の情であり、その欠落した対象を、新吉の家の近くを偶然通りかかっただけで、図らずも代償することとなった黒子の女への常軌を逸した執着、この二点にまとめうる。さらに言えば、日本のダダイズムの初発の動力は、母を亡くした子の、その代償的人物との間に発生した失恋による悲嘆の充満をその内容としていた。

しかし、この動力を侮ってはいけない。悲嘆に意味などなく、それだけでダダイズムの条件としては充分なのだ。失恋の悲嘆となれば、意味は無意味の絶頂である。ダダイズムの方法論として挙げられる、切りとった新聞記事の単語を帽子の中に放り込み、取り出したまま並べると詩になる「帽子の中の言葉」とは、徹底して反文学的たれという命令であったはずだ。ダダイズムの創始者トリスタン・ツァラ（一八九六―一九六三）は「伝統的な詩法への反抗、あるいはもっと根源的には旧来の枯死しかけた言語活動にあるいは文学活動にたいする解体運動から出発」（浜田明、訳書『ツァラ詩集』あとがき）したし、そのダダの担い手が遊撃的な個人を前提とするのならば、新吉は正統なダダイストであっただろう。

一九二〇年八月十五日、購読する「万朝報」の文芸欄にあったダダイズムの紹介記事を読んで衝撃を受けた新吉は、翌年の初秋、再々度の上京を果たす。埼玉・栗橋の土手下の小屋で自炊生活を開始し、まもなく川崎にいた辻潤を訪ねて知り合っている。同年十二月には第一詩集『まくはうり詩集』を刊行し、翌年四月に名高い詩篇「皿」、同年九月には「ダガバジ断言」をそれぞれ発表。さらに十月には「ダダの詩三つ」を総合誌「改造」に載せている。交友関係も拡がり、佐藤春夫、宮嶋資夫、平戸廉吉、有島武郎、岡本潤といった小説家、詩人、アナキストなどと知り合っている。しかし、一九二三年の関東大震災を挟んだこの数年は、神経症が極度に悪化し、弟の死のショックも重なって上京と帰郷を繰り返した。

この頃の素行は小説「ダダ」（一九二四年）に詳しいが、たとえば一九二四年、神戸の「青年会館」で開かれた詩人の加藤一夫らの演説会に、辻潤のかわりとして演台に上がった新吉はダダイズムについて一席ぶっている。それは「キサマ達にダゞの話しをしても解らん。元より俺のダゞはキサマ達のダゞでもあるんだが、辻潤なんかにも解つてゐないのだ」と、いきなり面食らわせたところから始まり、シャクソン（釈尊）やアインシュタイン、キリストを一通りこき下ろしたあと、「ダゞは狂人の道を説くものではない。けれども虱の様なアインシユタインやニイチエの思索よりも、虱の飛躍を喜ぶものだ」と結んだもので、ダダイズムの説明としてはまったく正鵠を射たものといえる。さらには演説後、出口まで追いかけてきた聴衆に対して「死にたい奴は死ね、俺はダダなんて知らないよ」とこれまた正確な説明を施して会場を後にしている。

　つまりダダイストを名乗った彼は、別の調和ある社会を目指して既存の権力関係の白紙化を狙う、同時代のアナキストとはまるで質が違っていた。彼は、ただブルジョアの日常に単独で舞い降りる必敗の破壊神としてあった。「ダダ」に描かれたところによれば、新吉は東海道を軸に、列島を精力的に列車で移動して、否定のための否定を連ねて跳躍した。具体的には、人に迷惑をかましては威嚇して歩くということで、「俺はダダなんて知らないよ」と述べたとおりの行動をとった。いわば、彼は突然他人の家の窓を開け俺を見ろとおらんだのである。むろんこの頃、たまたま巡査に見せてもらった尾行手帳に「失恋の為に発狂して監視が厳重だつた為に、暴行の恐れあり」との注意書きがあったのは、それはそのとおりだったのだが、しかしそれ以上の理由がダダイズムの実践に必要だっただろうか。

その後、新吉はどうなったか。小説「狂人」（一九三六年）の記述によれば、次第に禅に惹かれていった新吉は一九二八年十月の岐阜、臨済宗妙心寺派の正眼寺において接心修行に取り組んでいたところ、その最中に熱が出て下痢をして布団の上で失禁し「人間の声とは思はれない程」に咆哮した。発狂したのである。ついに万事休すの態で西に向かい、神戸港から「Ｍといふ港」おそらくは松山・三津浜に辿り着き「軽便鉄道」、現在の伊予鉄道に乗ったものの「銃殺に処せられる」のを恐れて暴れ再度、迎えに来た父とともに鉄道で港方面へ引き返し「高浜」駅で下車。故郷の町に向かう大阪下りの汽船に後ろ手にしばられたまま、父と刑事つきの乗船と相成った。

船は高く低く、大いなる波のうねりにつれて動揺してゐる。柔かい波を切つて飛ぶやうに進んでゐるのだ。波のしぶきが頭に打つかつて来る。上からは雨が落ちて来る。私は観音経を唱へた。対岸の村落の家が見える。何処の港にもつけないで七時間もかゝるのだ。

目の前には佐田岬半島が細長く伸びている。その向こうに回り込めば故郷である。

半島の山々が青く懐しく眺められた。燈台のある半島の突端を船は廻つて、やがて私の故郷の町の一つ手前の港についた。桟橋に船はついたのだ。其処で荷揚が初まる。やつと死から免がれて、故郷の家に辿り帰りつく事が出来る。

死をまぬがれて帰りついたのは、「警察の留置場と同じ形に拵へた二畳敷の岩畳なもの」(同)である家の牢であった。それから約三年、新吉は牢にいた。父は新吉の帰郷の翌年の秋、新吉の日々の咆哮で耳をふさがれたまま絶望のうちに自死した。

*

さて、小説「潮の女」が発表されたのは五五歳の年、一九五六年の「新潮」八月号である。すでに、無門関の説法を聞いた二十代半ば以来、師事する紫山老師から印可を受けていた新吉は、結婚も叶い小説発表の前年には第一子をもうけていた。母の死から四十四年、父の死から二十七年。生きる喜びをかみしめていた新吉はようやく、来し方を落ち着いて振り返ることができるようになったのである。そして、構えが整ったところで振り返るべきは母の面影であり、面影を代替し、発狂の原因となるほどに痛手となった失恋の相手「黒子の女」以外にない。

「潮の女」は水に揺蕩っているような小説である。「未一《みいち》は游《およ》いでいる魚を手で摑《つか》んだことがある。四つぐらいの時である」。新吉である主人公、未一は半島に寄せ来る波に親しんでいた。「ある時は海の中で、游いでいる魚が、未一の口の中へ潮に揺れながら入って、窒息しそうになった」ほどだし、故郷を出たあともこの半島の幻影をまとったイメージはついて回り、彼は、きりぎし（傍点原文）の上にいつも立っていた。
前面には広い海があったが、そこは深い死の平面に連らなっていた。
彼は、一瞬に、そこに飛び込む姿勢で生きてきた。というよりは、いつでもそこから匍い上る姿勢でいたと言ってもよい。彼の足下には何も無かったのだから。

と振り返る意識にあった。海にのみ込まれないよう、手を伸ばしたその先にある切り立った半島の断崖はなつかしい、しかし、触れてはいけないアンビバレントな、心理上の分割線として横たわる。

黒子の女は女学校を卒業後に結婚したが、まもなく破綻し上京した。そして従兄と関係をもって妊娠したのち、帰郷して半島の加周に隠れ住むこととなった。新吉はそう友人から聞きつけた。初恋の女、というより母の面影を託した女が臨月を迎えている。

さっそく発動船に乗った彼は日暮れの漁村に降り立ち、女の住む「高い石崖《いしがけ》の上の、庭に柿の木のある家」を突きとめる。やむなく出てきた女の訝しみをよそに、新吉は腹の膨らみを確認し女の吐く息に嗅覚の注意を向けながら、これは「男性に依ってすでに汚辱されている女」だと眺めたあげく、愚かにも「あなたは妊娠されていると聞きましたが、本当ですか。妊娠は何カ月なんですか」などと質問をぶつける。こんな調子にもかかわらず出直して、数日後にはまた発動船に乗り「象の鼻のように長く海に突き出てい」る半島を目ざすのだ。再び女の家に着くまでの間やけくそにも、女の家の下に潜り込みそのまま死んでやろうかと思う彼は、またこう呟いたりもした。

　一瞬に燃える強烈な火焔で、此の家も半島も女も彼自身も、焼き尽せないものであろうか。

　彼は魚になって、海の中を泳ぎたかった。

新吉は、何のために女を訪ねているのか分かっていなかったし、一方ではよく分かっていたともいえる。彼は故郷の目印である半島を無きものにし、女も自分も無きものにし、いまにもすべてを終わらせたかったのだ。でなければ、女の妊娠、すなわちわざわざ失恋の事実を確定するために出向き、ダメ押しでその旨をぶっきらぼうに質問などするわけがない。そして、二度も訪ねた初恋の女を目の前に「もっと純粋に愛していたなら、二つの生命に終止符を打ったかもしれない」などと冷たく独りごち得るのは、女の向こうに母の姿を見ているためだ。

この小説は「女」を醜く描くが、それは自分を独りにした母なる性への復讐ゆえだったのだろうか。冒頭で呼び起こされる幼年期の記憶においては、村の鎮守の杜のほうから「一人の老人が、一人の女の振り乱した頭髪をつかんで、逆さに引きずり下《お》ろしているのに出あ」い、「女は泣き喚《わめ》き、股も露わに、傷《きず》つき血が流れていた」のだったし、半島にいる女を訪ねたあと、船を待つ砂浜にふと現れた老婆があったが、新吉は彼女を「醜悪な物体」だと見なし、にもかかわらずこの老婆にも瑞々しい娘時代があったはずだと認識したとたん、岩陰に誘いこんで足払いをかけ馬乗りになる、といった行動に出たりする。そして、頭に血が上った新吉によるこの老婆に対する描写で目立つのは、海産物を使った直喩によってその姿を形容している点だ。それは「海鼠《なまこ》のような老婆」「栄螺《さざえ》のような手」「岩に生えた蠣《かき》のよう」といったぐあいで、彼は想像上ほとんど海の中に飛び込んでいる。

女といえば、姉の臨終に際した場面がこの加周の場面に続く。猫いらずを飲んだという姉を訪ねて、新吉は十数里離れた山の中の家に向かった。冷たくなった姉の足をさすりながら「はめられていた、幼時の鉄の幻影が浮んだ。ガチャガチャと鳴る鎖の音が聞えてきた」。姉も新吉と同じく精神的な苦境を辿った。「姉の一生は、一羽の雀のような、一生であった」。

姉の死ののち、発狂後の新吉を牢に監禁した父が自死した。新吉は自身の発狂が引き金となって父を死に追い込んだと悔やみ、その後悔が深まるにつれ病は自然と治っていった。すなわち、客観的には、新吉の辛酸が肉親の辛酸として分け合われてはじめて、治ったものがあったのである。

新吉を狂気に追い込んだものは、主観的に次々と零落する。黒子の女も「悲劇のソバ杖を食って、荊《いばら》の道を歩んでいた」。再会の後年、東京に住んでいると友人から聞いた彼は女のもとを懲りずに訪ね、女にほとんど見下したまなざしを与える。その子どもは十歳ほどになっていた。「彼女が立って歩く時、腰が曲り加減であった。彼女も老《ふ》けたものだと未一は思った」「彼女は棒縞の袷か何かを着ていて、汚れた帯をしめていた。性的な窶《やつ》れかどうか、顔色も冴えなかった」。その上、何ということか、黒子の女に黒子があるかどうかの確認さえおろそかにするのだ。

女は松本とばかり話して、未一の方へは瞳を移さないのであった。あの半島の漁村以来十数年の歳月が流れていた。彼女は黒子《ほくろ》を何かの薬で脱去したのかもしれぬと未一は思った。それで、瞼を未一に見せないように思ってか、片手をついて、未一とは対角線に坐っているのであった。

黒子が女の瞼の上に実際にあるかどうかは、おそらくどうでもよかった。黒子について訊ねることも友人の側に回り込むこともなく、それはないと踏んだ時点で黒子の女はその女ごと消えたといえる。女はその後、彼女の「乱倫」によって一家離散の憂き目に遭うという、さらなる零落が強調される。

小説ではそして、母の像の投影である「女」というもの自体がついに、化け物じみてくる。敗戦後、焼け出されて故郷に帰っていた新吉は山野を流浪していた。目的の町を目ざしているある夜、新吉の後を少女がついてきた。荷物もなく素足で痩せていて、しかし「初恋の女」に似ていた。「狐が化けているのかもしれぬと彼は思」い、試しに焼芋を渡してみると口はきけるらしい。少女は、小走りで歩く新吉の後ろを離れずについて来る。薄気味悪い夜道をくぐって町に辿り着き、ふとした時に少女はいなくなっていた。結局、バスの待合所で一緒になった旅人の娘であることが分かり、お礼に饅頭までもらって「親狐が礼の為に、旅人に変装してやって来たのだと思った」と納得する。

この、記述に薄っすらと潜む狂気が新吉を小説上、どこへ連れて行ったかといえば、海の中である。この狐の少女を回想した次の場面でクライマックスを迎えるが、それは彼の著作すべてを見渡しても屈指に美しい、ほとんど詩といってよい記述だ。

末一は鯖になって游いでいた。彼の腹の下を、鰭でクスグルものがあった。鮪になった女が游いでいるのであった。二人は黒潮の流れに身をゆだねながら、頻繁に接触した。

女はやがて産卵した。

鯵のような少女は成長して、近海を游いでいた。

末一は此の少女にも接触した。

姦通した干鱈《ひだら》のことを、彼女は憶い出さなかった。死んだ鰤であった良人のことも、忘れた。

子供たちは、鰯になったり、鯨になったものもあって、海洋を自由に泳いでいた。

女は海月《くらげ》のような老婆になってからも、未一と、接触を保とうとした。
瞼の黒子は、貝殻になって、浜辺の砂の中に埋まっていた。
彼女は黒潮の流れに、黒髪を浸して流れているのであった。

新吉は悲しくも、半島を越えて上京するとおおよそ破滅して帰郷し、半島の付け根に身を隠すはめになったが、それを繰り返した青年期は、ついには牢に入れられるまで衰弱した。故郷と異郷を分割していたこの半島のライン上で黒子の女と再会したとき、彼は超えるべき分割線をなくしていた。なぜなら、精神的に帰るべき対象、すなわち母のその幻影でさえ、妊娠の事実によって無価値になっていたからだ。その後、再度上京した新吉は、数年間にわたって「皿」などの代表作を精力的に執筆し、詩人としての黄金期を迎えてゆく。帰るべきところが名実ともになくなったのだから、あとはダダをやるしかなかったのだ。

しかし考えれば、この「潮の女」のラストは、新吉がダダイズム以外に採り得たであろう、人生の決着の仕方、いいかえれば現実の故郷とは別の故郷への帰り方を示している。すなわち、半島を越えて上京せずに、さっと半島に背を向けて太平洋に通ずる色の濃い宇和海に飛び込むという方法である。

小説では、黒子の女との関係が生じる場所をはるか洋上へ移し、魚となった二人は黒潮の流れに身を任せるなかで関係を成就する。この想像された場所の構造、いいかえれば水性の襞空間は、母なる海と形容してもよいだろう。彼らの子供は「鰯になったり、鯨になったものもあって、海洋を自由に泳いでいた」。新吉の願望は滞りなく叶い、その叶ってゆく空想の時間は豊かで美しいものだ。この時空間は、別のエッセイから挙げれば「海の潮は柔かい。女を抱いてねるよりも、海水に浸る事の方が原始的で快ろよいとすら言へる」（一九四一年刊『愚行集』所収「阪神所々」）としたところのもの、つまり、死である。新吉は現実には死ななかった。身辺が整ってから小説上でこれを解消したものの、母なる海にはついに浸らなかった。そして、これら虚実のドラマは、すべて半島という心理的ハードルの周辺で起きたことだ。

＊

新吉の半島観を直接的に述べた箇所は、その執筆量に比較してわずかだと言わねばならない。しかし、「潮の女」における「火焔で半島を焼き尽くす」との謂いに似た、半島消滅の願望は詩作品にもおいても見られる。たとえば、『ダダイスト新吉の詩』の次に出された詩集『祇園祭り』（一九二六年）に収められる「富限者」。

アンマ膏薬を貼ると
足が富限者になる。

私は眼を瞑る事によつて　幸福を味はふ
頭の心がキリ〳〵と痛む
亀はかしこい
犬殺しの棒を思ひ泛べる事によつて
私は金魚に麩をやる事をよしたかも知れない。
布団の中でヌク〳〵としてゐると
材木や池や半島が
ガラ〳〵と崩壊する音を聞くのである

この詩集が出たのは、半島で黒子の女に会ってから五年ほどが経ち、故郷の牢に監禁される一九二八年までにはまだ二年あるころだ。新吉は実際、眼を瞑ることでささやかな幸福を味わっていたのかもしれない。布団をかぶって身を潜めていると、あれほど執着していた女のみならず、おそらく亀ヶ池であるところの池がある加周、そして故郷の所在を示す象の鼻のように伸びた半島が萎びてゆくというのである。

『祇園祭り』の出版からほどなくしてまとめられた『高橋新吉詩集』（一九二八年）の連作詩篇においては、佐田岬半島どころか、日本列島を構成する島々とともに半島を残らず始末したい、と言っている。部分を引用すれば、

娯しみ我に有らばあれ
高天原に扇風機をかけて
此の島島半島を残らず罐詰にして奉らん。私は皿に盛られて、塩漬けにされた豚である事に、或はトンカツである事に、何の意義を見出したら好いだろう。

ダダイズムの詩であるとともに、自身の状況を正確に記している。むしろ、自身を正確に捉えれば、ダダイズムの詩になったと言ってよいかもしれない。ともかく、文意からして「島島」は自然だとしても、「半島」への言及はやはり、喚起されるイメージの構成上、過剰ではないか。「島島」で充分なところ、わざわざ「半島」を付け加えたのには過剰な意図があると取るべきだろう。

ところで、かつて新吉に半島の時代があった、とでも言ってみたくなるような内面的変化は、「潮の女」といった小説だけでなく、詩作品のかたちとしても現れている。戦後に創元選書版『高橋新吉詩集』（一九五二年）が出された頃には、結婚もして自身の身辺が整い始めていたのだろう。

女が　足を上げて　下ろしている

その間に　千万年経つた

手段を絶て
まはり道をするな

正体無き女よ
誰が自殺をするのだ

「手段を絶て」という短い詩だが、「まはり道をするな」との謂いには全霊を込めた忠告の思いがみなぎっている。半島およびその根っこで育った新吉は、少なくとも航路としては、遠く大回りしなければ東京に出ることは叶わなかった。そしてその逆、帰郷の道も同様である。新吉に手段などなく、身をもってダダイズムを実践した。そして、心身が崩壊した。大回りして出て行き、大回りして帰って来て、日常でいちいち躓いて、客観的に見れば七転八倒の様子で、それでも生きているわが身を振り返ってみれば、もはや自殺などに手段としての価値は見いだせなかったのだろう。

だから、新吉は心理的なハードル、象の鼻のように伸びた諸々のそれがなくなったとき、気づけば禅に辿り着いていた。この世に呪詛を吐くだけ吐いて死ぬだけの人であってもその仕事は後世に残ったはずだが、これは原因か結果か、ついに父にさえなった。『参禅随筆』（一九五八年）に収められたエッセイ「父親となつて」には、父性愛についての所感が驚きをもって綴られている。

私はこれまで、一匹の蝿も、一匹の蚊も、なるべく殺さないようにしたものである。小さな蟻が足許を匍っているのを見ると、それをまたいで通る、といつた風であつた。ところが、子供が生れてからは、見付け次第に蝿を叩きつぶすように変つたのである。子供に蝿や蚊がとまると、不潔でもあり、よくないと思うものであるから、これを叩きつぶすのだが、蝿を殺してからも、平気でいるようになつた。殺された蝿に同情したり、自分の行為を反省してみるということもしないのである。

新吉はかつてありのまま生きてダダイストだったが、いまやありのままに生きて父である。自身の病が原因で不在となった、「父」という位置に遠回りに遠回りを重ねて帰還し、娘に触れる蝿を叩き落とすため、長い腕をしなやかに伸ばしている。もちろん黒子の女も人の子ではあったが、新吉は我が家庭に納まり、その過去をばっさりと叩き落とした。いや、叩いたと見せかけて手のひらのくぼみに生かしたのだったか。

「潮の女」のラスト「瞼の黒子は、貝殻になって、浜辺の砂の中に埋まっていた。」の箇所を思い起こせば、新吉は後年の一瞬、手のひらのくぼみに過去の光を許してやさしく納めたのだ。この小説は、半島から距離においても時間においても遠く離れたところにある、そのような手のひらの上で滲むように描かれた。

※引用は『高橋新吉全集』（全四巻、青土社、一九八二年）に拠っている。原文ルビは省略した。

第Ⅲ章

言葉は力そのものである――「現代詩手帖」特集「東日本大震災と向き合うために」

この震災の多くは「想定外」ゆえに、つまり「想定」の設定に過失があったことを認めていることにより、人災であることをまず認識しておく。そして、国家が非常時に実直であったためしはないと思い返しておくことも、デマでない正式な発表情報もまた、当局が国民に配慮した「不安を与えないための情報」であり得るという、初歩的な情報リテラシーを据えておくのに有効である。「現実の解釈の正しさだけを誇るという、受け身の、傍観的な、思考態度が習性化されてい」(竹内好「再軍備への恐怖」)るのならば、情報などはわれわれにとってさほどの意味はない。

福島第一原発原子炉建屋の爆発が起こった当日を、ニュース速報サービスを基に(時事通信および「日経新聞」)で振り返ってみる。

・十二日10：52「福島原発、放射性物質を放出　大量漏洩防ぐ」(日経)

・同日15：34「東京電力は、炉心溶融が起きているとみられる福島第1原発1号機の原子炉格納

容器内の圧力を、逃がすことに成功したと発表した」(時事)
(爆発は15：30頃)
・同日17：30「福島第1原発1号機で爆発、4人けが　東電発表」(日経)
・同日21：02「福島第1原発1号機、原子炉損壊防止へ海水などで冷却　東電、廃炉も視野」(日経)
・同日22：14「海水注入で原子炉冷却開始　東電「放射線量は低下」」(日経)

前段は以下の通りである。十二日、「業を煮やした政府は同日午前6時50分、強制力を持つ原子炉等規制法に基づきベント(水蒸気の外部放出―筆者)を指示した」(四月十日付「読売新聞」朝刊4面)。当然ながら、どんな手段を使っても炉を冷やすことを優先すべきであるところ、原子力安全委員会委員長によれば「東電も当初から海水注入を決断していたが、実際の作業に手間取ってしまった」(四月十日付「毎日新聞」朝刊3面)。会長、社長不在時の会社組織にもかかわらず、そこまでの決断ができていたのだとすれば、むしろ誇っていい。

原発批判をかわすための最もばかばかしいロジックは、「あなたは電気を使わないのか」というものや「発電方法の対案を出せ」というものである。権力側のイデオローグは常に正論を装うため、このような物言いに萎縮する必要はない。

電力供給量は何よりもまず、供給側が政策的に決定する。需要量に供給量が比例するのではなく、供給量に需要量が比例してくるのである。原子力行政の正体に触れた例は、いくつも論文や書籍のかたちですでに世にあるが、私も一例を挙げたい。

東京電力は住宅メーカーのみならず、電鉄各社とも組み、オール電化住宅・マンションを大規模開発している。東京電力の投資家情報「商品として電気の強み」（二〇一一年一月十一日）によれば、電化住宅が「二〇一〇年八月末には『八〇万戸』を突破」、そして「日本全体の人口が減少に転じる中、今後も引き続き他地域からの人口流入、さらに業務機能の集積が見込まれ、民生用需要は他地域に比べ高い伸びとなる見込み」とある。「平成二二年度　数表でみる東京電力」の「電源開発計画　需要見通し」によれば、平成二十一年度実績で二八〇二億キロワット時、同三十一年度予想で三二一六億キロワット時、増加率にして一・四%としている。

これに、中国電力の「平成二二年度　経営計画の概要」による「電力需要の見通し　販売電力量」を当ててみる。当然、電力需要は高まると予測される。以下、

「生活関連用需要は、省エネルギーの進展や人口の減少などの影響はあるものの、情報化および高齢化社会の進展、快適性志向の高まりや電化住宅の普及拡大などにより、今後とも着実に増加するものと見込まれます。一方、産業用需要は景気回復による生産水準の上昇が見込まれるものの、素材型産業の伸び悩みなどにより、緩やかな増加にとどまるものと考えられます」

としている。人口は減るが、情報インフラの一層の強化および電化住宅の販売を増やすこと、さ

らには景気が回復することによって、需要増加予測の根拠が担保されている。中国電力は島根原発増設と「上関原発」建設を計画するが、それは政策的な計画である。人口減・低成長下において、首都圏も地方もおしなべて、電力需要がさらに高まるとは考えられないからである。

需要は自然の欲求ではない、後に帳尻を合わせるものである。東京電力の二〇一〇年アニュアルレポートでは、「当社が（……）さらなる成長を続けるためには、電気を「つくる」側において高効率化・低炭素化を進めるとともに、「つかう」側においてさらなる電化に取り組むことが必要、と正直に記述している。

とはいえ、エネルギーは自然に手に入るわけではない。ならば、エネルギー使用をどれだけの範囲に止めるのか、という判断はいずれにせよ、政策的なものである。毎日新聞は、三月二十六日午後に「東シナ海中間線近く　海自護衛艦に中国ヘリが接近」（三月二十七日付朝刊5面）と報じている。原子力以外のエネルギー調達の選択肢の一つを、中国が事故後間もなく継続して、牽制したとみるのが妥当だろう。アカデミアは、むしろ文学は「私人間の合意とよく似通ったしかたで、相互の国家の名において平穏に、ときには協定も結ばずに、国家間の紛争の処理にあた」（ベンヤミン『暴力批判論』野村修訳）るべきかもしれぬ。

しかしながらこの期に及んで、何かを書くということが、すべての場面において何か善きことである、と勘違いしている「作家」には目を覆うばかりである。書くことよりも、人の話を引き出す、耳を澄ませる、頷く、首を振るといったことこそが絶対に必要とされる場面を見極められなければ、傾聴や首肯も、書記と均衡する、尊厳ある詩的行為であることは永遠に理解できない。

怒りを込めて言えば、言葉が無力などと、どの口が言うのか。この口から出る言葉がすべての人工を決定してきたのだ。この手の書いたことがすべての人生を狂わし正してきたのだ。「作家」は、何もかも「自然」に大政奉還するつもりなのか。そうであるならば、はじめから何も書かなければよかった。

少なくとも詩は、意味の基盤に常に危機的に関わるものである。言葉は無力などという「作家」は、被災した障害者や老人のことさえも、想像してみることができないのだ。逃げろとの声が聞こえない恐怖も理解できないのだ。花崎皋平は「（……）ねばりづよく真相を解明し、責任の所在を問う活動が積み重ねられることによって、一見岩のように堅い権力の壁も削られ、大きな山を動かすような結果が得られることになるのである。その前段には、正義の実現を求めて挑戦しても望む結果が得られず、むなしく敗れる多くの闘いがある。その多くの闘いが引き起す、寄せては返す波の働きなしに岩を揺るがすことはできない」（『エコロジーの思想と政治』、『アイデンティティと共生の哲学』）と述べていた。原発事故もすでに、所与のものとする心理が生まれている。

即死しなければ、自らの生命の転落も甘美なものとしてさえ感じられるようになる。これは文学が真っ向から抵抗すべき感情である。控えめで冷静であることも、隠れて涙を流すことも、さらには殺される危険のある側にいることも平時では、美しい。しかし、非常時に声を上げ慌てふためくこと、生き延びようとすることは「絶対に」健康である。それを許容しない、無言に抑圧をかけてくる精神の集合こそが、われわれから発生している権力である。目障りな振る舞いをせず、しかも妙に明るい精神の歓待には多重の既視感がある。たとえば「戦後」の妙な落ち着きや、日本人としての「無傷」にしても、金子光晴や坂口安吾らは怒り狂って問い詰めていたはずなのだ。

（２０１１・４・10）

※新聞は大阪本社最終版。なお東京電力の販売電力量実績は二〇一七（平成二十九）年度で二三三一億キロワット時。

「固有時」との「対話」、そして——吉本隆明『固有時との対話』を読む

プロローグ（孤独の予習）

書かれたものと、それを読む〈私〉との〈関係〉はすでに終わっている。いくら時間や労力をかけても、何一つ関係がないように感じられ、読むことができない。書かれているものは、ほんとうに書かれているのだろうか。書記の形式が紙の上に放って置かれているだけで、書いた者の姿はなく、読む者も消えている。

悪しきテクスト主義。書かれたものが書かれたものとしてあるのは、自律的な運動の結果だとして突き放され、じろじろと眺められ、いつしか「それはそういうものとしてある」風景としてやり過ごされるに至り凍えてついに書記は死んでいた。私たちは書かれたものを見捨ててきたのだ。死んだ文字はモノとして扱われ構文上で酷使され、さらに死んだ。このままにしておいて、いいことなのか。私たちは、喪われた書記との関係を、もう一度、生き直さなければならないはずだ。

その方法として、書記と〈私〉の間に別の関係の〈像〉を投映すること。いいかえれば、喪われたものに〈私〉がその喪失の総量と均り合うほどの〈私〉を投げ入れることによって、喪われたものとの関係を取り持つこと。もしくはこうもいいかえられる。失われた書記のものでも〈私〉のものでもない、別の運動性を与えることによって、喪われた〈関係〉に、書記や〈私〉が持続するための性質を付与し直すこと。こういったことはできないだろうか。

戦後詩の成立と持続を、戦後という時空間の維持に賭け続けた詩のグループ、「荒地」派を牽引した鮎川信夫は、

喪われたものを、
喪わるべくして喪われたと言うのは、
どうしようもない怠惰か、安易な現状肯定である。

（「私信」）

と、生前最後の詩集『宿恋行』に記した。同じくその詩誌「荒地」に拠った田村隆一が、

きっとぼくの眼は
肉眼になっていないのだ
（……）

視力だけで生きる者には愛を経験することはできない

と記したのは、生前最後の詩集『1999』に収められた「美しい断崖」においてである。

書記と〈私〉の〈関係〉をもう一度関係づけるために、テキストと〈私〉の間に生じる〈像〉をもって両者を生き返らせること。そしてその〈像〉が、テキストと〈私〉の断絶した関係を「美しい断崖」として映し出すとき、私たちには募るある思いがある。

田村は眼と愛の関係について、

生物は「物」である
生物の本能もまた「物」である
だが
視力が肉眼と化したとき
物は心に生れ変る（……）

としていた。「視力が肉眼と化したとき」、言いかえれば「愛を経験」し得る「肉眼」の者となったとき、見るべきものが見えるというのだ。

一千万　百億の生物が瞬時に消滅したとしても
この世には消えないものがある

書記も〈私〉もいつか消える。しかし、その両者の間には両者が確かに存在していたという厳密な事実の反映として、「消えないもの」が刻印されている。そのような「消えないもの」を読むことなくして、〈私〉は書かれたものを読んだなどと、どうしていえるだろうか。私たちから喪われたものが書記でも〈私〉でもなく、肉眼の「愛」の募りだとしたら致命的である。

テキストと〈私〉をその喪失において関係づけること。テキストや〈私〉の有限性などは、それがあったという事実に比べればどうでもよいことではないだろうか。むしろ、喪われたものへの哀切を極めること。そして喪われたものには未来がある、そう捉え得る肉眼の力をつけること。テキストと〈私〉を結ぶ肉眼のまなざしは、両者の関係を再び取り持つ「愛」のものだ。

ひとびとはわたしの表現することのなかつた沈黙を感じ得ないとするならば　或はわたしの魂の惨苦を語りきかせることは無意味なのだ

そんなとき人間の形態〈わたしの形態〉はいつも極限の像で立ち現はれた　魂は秘蹟をおほひつくしているとまことしやかに語る思想家たちに告げなければならぬ　あたかも秘蹟を露

出させるかのやうに明らかに発光する人間の極限の相があることを　こんなことを言つてゐるわたしを革命や善悪の歌で切断してはなるまい

（『固有時との対話』、「吉本隆明全著作集1」、以下注記なき場合は同書）

逆に言えば、「魂は秘蹟をおほひつくしてい」ない、つまり「秘蹟」に覆い尽くせぬ「人間の形態」があるということだ。これを書記の形態においていえば、書かれたものを有限な人間のものとすること、もしくはその有限に「消えないもの」を語らせることが、書かれたことと読むことの、「極限の像」および「極限の相」ではないだろうか。だから、書記がそう強いられたように、読む〈私〉もそうなること。そう、孤独に。

『固有時との対話』を読む（孤独、孤独に）

1．二重のネガティブ

本稿では基本的に、『固有時との対話』を冒頭からその構成どおりに読んでゆくが、まず引かれるべきは、「対話」すべき理由が記された終盤近くの左記の箇所である。

言ひかへるとわたしは自らの固有時といふものの恒数をあきらかにしたかつた　この恒数こそわたしの生存への最小与件に外ならないと思はれたし　それによつてわたしの宿命の測度を知ることが出来る筈であつた　わたしは自らの生存が何らかの目的に到達するための過程であるとは考へなかつたのでわたし自らの宿命は決して変革され得るものではないと信じてゐた　わたしはただ何かを加へうるだけだ　しかもわたしは何かを加へるために生きてゐるのではなく　わたしの生存が過去と感じてゐる方向へ抗ふことで何かを加へてゐるにちがひないと考へてゐた

（傍点――引用者）

生存における、「固有時」なるものの位置を直接的に示しているこの箇所には、吉本隆明の考える生の〈原像〉ともいうべき姿がある。おそらく、この「固有時」としての「わたし」が「何かを加へるために生きてゐるのではなく　わたしの生存が過去と感じてゐる方向へ抗ふことで何かを加へてゐるにちがひない」という論理を理解することがなければ、私たちは与件としての「固有時」も、ひいては、その後に控える生存の位相の転換（『転位のための十篇』、以下『転位』）が必然事となった理由についても、理解できないだろう。なぜ「抗ふ」ことが「加へる」ことになるのか、ここには大衆の原像も賭けられているのだが、それは後述する。

詩集『固有時』は、

街々の建築のかげで風はとつぜん生理のやうにおちていつた　その時わたしたちの睡りはおなじ方法で空洞のほうへおちた　数かぎりもなく循環したあとで風は路上に枯葉や塵埃をつみかさねた　わたしたちはその上に睡つた

との一コマから始まる。

詩集は、すでに「建築」されている過去と「わたし」の間に映る「影にひとつのしつかりした形態を探してある」く、という意思の持続において展開する。ここでおさえておかねばならないのは、「建築」すなわち、すでに揺るがぬかたちとなり死蔵されてある「過去」と、「喜怒哀楽のやうな言はばにんげんの一次感覚の喪失のうへに成立つ」という「わたし自らの生存」（それぞれ詩集中盤）が交差する、「建築のかげ」という二重にネガティブな場において、「固有時」という孤独さが生じている点だ。

孤独さは、人において過剰なものである。「全著作集」の編者、川上春雄は解題（同集第三巻）において、「一九五〇年八月ごろ」から翌五一年末までに書かれた詩篇群「日時計篇」のうち、五〇年末までに書かれた作品が『固有時』の下敷きとなっていることを指摘したうえで、「作品は、時代史と生活史を直接的に背負っている」と「概括」している。だが、孤独さという、客観的な時間の進行とは異なる時間の併存が作品の成立を決定づけたことについては、直接触れてはいない。もちろん、編者が解題において触れるべきことでもない。

それは当然、読者が自身の孤独と突き合わせて、なぜ時代や生活の影響とは直接かかわりなく生は孤独なもので、なぜ孤独なほどに生は過剰なのか、と問うべきことである。とりもなおさず、孤独＝生＝過剰の等式に、まったく質の異なる符号を与える、すなわち他者への働きかけ（他者との連帯）が孤独な生における必然事として現れているのが、『固有時』という詩集である。

私たちはこの孤独さを、それぞれにおいて突きつめなければならない。なぜなら、過剰なるものを生み出し再吸収するところに資本の構造的な運動があるのだし、一方で疎外されてあるところのものが自立しさらに連帯する、という資本の構造上の裂け目に、吉本は革命の像を見たのだから。

五章からなる『固有時』はその終章に、「とつぜんあらゆるものは意味をやめる」との一文を置いているように、詩集としては、意味が意味を「やめる」ことで裸の存在（「あらゆるもの」）が露出し、その孤独な形象が存在に直接的に意味を与える、という構成にある。

私たちには、この構成そのものになる、すなわち吉本の「固有時」に同化するまで読む、または示されている「固有時」以上に「固有時」のものとなる、ということが、関係の賦活の試みにおいて課されるのではないか。なぜなら、過去のなかを「空洞」の姿となってとぼとぼと歩いていた吉本の詩の歩行こそが、孤独さという否定的な形態に時間性（自立性）を与えていたのだから。さらには、孤独の質ではなく、孤独な時間をともにすることにおいて、孤独な者同士の「連帯」の場が開かれるのだから。

2．空洞からの視線

『固有時』との「対話」が始まると同時に現れたのは、前出冒頭のとおり「空洞」なるものだった。空洞とは何か。それは、

風はわたしたちの意識の継続をたすけようとして　わたしたちの空洞のなかをみたした

（……）

建築の内部には錘鉛を垂らした空洞があり　そこを過ぎてゆく時間はいちやうに暗かつた

とあるとおり、固有性の奪われた「わたしたち」の意識が吹き込み黒々とした時間が渦巻く、存在における極地である。「わたしたち」は、その渦状の「空洞」を無力に見遣っている。

著者は続いて、「〈風は何処からきたか？〉」と問う。その答えは「悔恨が跡をひいてゐ」るもの、すなわち「〈風は過去のほうからきた〉」というものである。「悔恨が跡をひいてゐ」る歴史状況の「風」に「わたしたち」は晒され、続いて「建築にまつはる時間を　まるで巨大な石工の掌を視るやうに驚嘆」し、「果てしないものの形態と黙示とをたしかに感ずる」という。著者は

厳然たる歴史の現前と、歴史が含み込んでいる「空洞」の形象の底知れなさの前で足踏みしている。

しかし、著者は若かったのだ。

わたしたちは〈光と影とを購はう〉と呼びながらこんな真昼間の路上をゆかう　そしてとりわけ直線や平面にくぎられた物象の影をたいへん高貴なものに考へながらひとびとのはいりたがらない寂かな路をゆかう

歴史の陰影をかき分けて、なかでも「ひとびとのはいりたがらない寂かな路」を、朗らかに「ゆかう」とする。「ひとびとは（……）決してこころに空洞を容れる時間をもたなかつた」のに、彼はひとり空洞のほうへと進み出る。すると、外部＝自然および、その自然の影響によって存在している「わたし」の風景が変調をきたす。「わたしの時間は撩乱」し、「風は街路樹の響きのなかをわたつて澄」み、

わたしの樹々で鳥は鳴かず　わたしの眼はすべての光を手ぐりよせようともしないでさしてまとまりのない街々の飾り窓を視てゐた

のである。「わたしの樹々で鳥が鳴か」ないのは、「わたし」が所与としての自然を拒むことで「わたし」が疎外され、自然に与えられているところの「わたし」が消え去っているからだ。「わたし」はこの喪失を凝視する。すると、

　視界のおくのほうにいつまでも孤独な塵まみれの凹凸があつた

　ここに至って「わたし」なるものの風景が一変する。自身の外部を歴史や建築のものとして規定し、外部の視線を自己注目させ、その視線によって自身の輪郭を規定することで内面を疎外する、という手続きにおいて自身の孤独を確かめていた著者の視線は、内外の構造的な限界を超え、その視線を自身の内面のさらなる「おく」へとめり込ませる。おうとつの手触りとしてしか把握されない、孤独の固有性への到達において「わたし」は、自らを単独的な歩行者の位置に置いているのだ。

　わたしは誰からも赦されてゐない技法を覚えてゐて建築の導く線と線とを結びつけたり　面と面とをこしらへたりした　わたしの視覚のおくに孤独が住みついてゐてまるで光束のやうに風景のなかを移動した

3．断片的形態

『固有時』においては、句読点や散文としての改行はなく、代わりにアキおよび行アキ（空白）が見られる。つまり詩の形態として、行や連がモノのように置かれているのだ。ただ置かれてあるものの前では、人は失語しその周りをめぐる。

考えれば、そこに係ると発語できない断絶を抱え込んでいるか否かが、詩であるかどうかの唯一、外形的にも読解上においても論証可能な要件ではないだろうか。なぜなら、その断絶自体が表現され得ぬものとして書記を迂回させ続け、その迂回路を内容として残すものが詩だからだ。それゆえ、救済とはいかなる行為かとの文脈にある、石原吉郎の次のような言葉を引いてみても、詩についての答えとしては、突拍子もないこととしても正確でないことはあるまい。

ただひとつのことが私には明らかである。真剣になること。真剣に〈それ〉を求めること。それ以外に私には救いはない。

（「一九五九年から一九六二年までのノートから」）

救いとなるものが指示代名詞でしか表せられないのだとすれば、それは逆に言語によってしか（限界まで）迫れないものであることを証明している。まさに詩こそは「それ」や「あれ」を自らの現在時によって代位し、その指示代名詞をさらに「それ」や「あれ」の方向へと助詞をもって屈折させるという、救済なき救済行為だからだ。

『固有時』は散文詩であるにもかかわらず、一行一コマが断片性を帯びている。その結果、詩集が断片のかたまりとなって、詩集であるというより独立したものの集合体として現れている。実際、私たちの生に生じているのは、過去現在の間が線引きされて意識が断片化するという、時間をめぐる絶え間ない緊張である。だから吉本は、生の意識を指してこう説明しなければならなかった。

わたしは既に生存にむかつて何の痕跡を残すことなく　自らの時間のなかで意識における誤謬の修正に忙しかつたのだ

直線に構造化された時間意識を保つために為される「誤謬の修正」においては、「わたし」が無時間に陥らぬように、断片としての意識群が過去と現在で均衡しているという、あたかも元々そのような付置であるかのように修正されることが求められる。それゆえ、生存すること、もっと言えば書くことは「わたし」の痕跡を残すことではあり得ない。しかし修正してもなお、残っているものがある。

時は物の形態に影をしづかにおいて過ぎていつた　わたしは影から影にひとつのしつかりした形態を探してあるいたのである　おう　形態のなかに時はもとのままのあのむごたらしい孤独　幼年の日の孤独をつつんだまま立ち現はれるかどうか

時が過ぎ去っても、過去はその去就の足跡までは消すことができない。現在時にある吉本が「過ぎていつた」過去の時間を省みたとき、省みられた時間は滑らかに巻き戻されるものではなく、手触りとして感じられるひとつの独立した形態「もとのまま」のものとして感じられた。いわば一行一コマごとの物質性は、「立ち現はれる」という形態の集合において、個の固有の空間を確かめようとしていた。

4．個の原像

どうしたってくたびれるに決まっている。

ほんたうにあてでもあるかのやうに急ぎ足で　あてでもあるかのやうに暗欝であつたのだから

（傍点原文）

この「急ぎ足」に、吉本が親しんだ宮沢賢治の姿が重なって見えるのはおそらく、「全体の幸福」のために、傍目にはほとんど奇妙な衝迫にしか見えぬ使命感をもってただ急いでいる、という近現代詩のある域において、確かに貫かれている意志の系譜が可視化されているからである。

振り返れば戦前戦後の詩意識は、吉本が示しているところでは、「転向論」で言及された中野重治を除いては、鮎川信夫ら「荒地」派の登場によって断絶していたといってよい。全国の「故郷」から、天皇制が政治的に駆動する要件として頼った、ゆるぎない「愛（＝郷土主義）」を歌う兵士の辞世にかき消されるように、異常なまでにクオリティの高いモダニズム詩（たとえば詩誌「詩と詩論」を参照）はその基盤を砕かれ、あげく唯一の基盤としたのが、そこにあった「戦争」であった。

モダニズム詩はそれ自体、一目瞭然に膨張している著者の内面の表現であり、ほとんど破裂寸前に稀薄化していた（たとえば春山行夫）。その底の抜けたところでは、アジアで膨張する領土的〈アヴァンギャルド〉の幻想が、モダニズム詩人のメカニカルなばた足と完璧に噛み合っていた。その一方の、詩意識を維持したまま戦地という最前線からそれぞれ単独に復員した者が、彼らとの断絶を要求するのはまさに正当である。

話を戻せば、この断絶とは別のところで維持されている、宮沢賢治のような強度ある個の系譜があるということだ。そして、その宿命的な系譜を維持している者のひとりに吉本を数え得るのではないか、ということだ。

吉本が、「〈わたしは酸えた日差しのしたで　ひとりのひとに遇はうとしてゐた〉」。また、「自らのとほり路になるはずの空洞を索しもとめた（傍点――引用者）」その果て、「〈わたしはむしろ生存の与件よりも虚無の与件をたづねてゐたのではなかつたか！〉」と省み、「わたしの建築はそのときから与件のない空洞にすぎなくなつた」としたとき、その消極的な言辞とは裏腹に、空洞としての身体感覚に「固有時」の成立条件を整えつつあった。またそれと同時に、原像としての個の姿を捉えつつあったのではないだろうか。そして、次のような回顧が挟まれるとき、個としての革命の契機「転位」に近づいていたのではないだろうか。

わたしはわたしの沈黙が通ふみちを長い長い間　索してゐた
わたしは荒涼とした共通を探してゐた　（傍点――引用者）

ひとまず、与件と空洞の関係を確かめようとする、この「〈わたしは酸えた日差しのしたで（……）〉」という箇所において押さえるべきは、吉本が「ひとりのひとに遇はうとしてゐた」ことだ。つまり、個の輪郭を確かめようとするとき、その線引きには逆に外部、もっと言えば他者の存在が必要とされる。

この逆説に以下のような文章を重ねてみれば、革命という言葉における、最小限の内実を確かめることができる。

わたしたちには、つまり、きみとわたしには「はにかみ」がある。この「はにかみ」は、たとえば「平和」という言葉を発すれば貌を赤らめ、「革命」という言葉を発するときは、ちりちりと焦《やけ》るような感覚を胸底でおぼえ、「民主主義」という言葉を発しては、顔をおおいたいような羞恥を感ずるところの何かである。そして、これこそが、過去の牧歌時代と戦争時代をくぐりぬけてきたわたしたちの辺境の思想の徽章であり、世界史の現在の情況のなかでわたしたちの思想がもっている位置と処女性の象徴である。（「情況における詩」、傍点原文）

「ひとりのひとに遇はうと」することが、「平和」や「革命」と均り合うことがある。私たちの「荒涼とした共通」とは何か、と問えば、「ひとりのひとに遇はうと」することという意志が応える。この意志は、たとえば『銀河鉄道の夜』のジョバンニに「あゝほんとうにどこまでもどこまでも僕といっしょに行くひとはないだらうか」と呟かせたものではなかったか。吉本はこの気恥ずかしい感激を決して手放そうとはしなかったし、隠そうともしなかった。「荒涼とした共通」が見つかると信じて、「沈黙が通ふみち」を辿ってきた自らの姿を省みるとき、どうして人ははにかまずにいられるだろう。

　個としての〈私〉が、「ひとりのひと」との距離を限界まで詰めようとすることにおいては、一方で「かれらの共通項を解体し、止揚しようと欲しているだけだ」（「現状と展望」）との警戒感を〈私〉に維持せざるを得ず、当然傷つき疲れ果てる。しかし、連帯という思想は結局、そこまで詰められてこそ現れる関係(断崖の像)のことを指すのではないか。『固有時』においては、吉本は空洞(=虚数)という逆を張った個の位置に自らを置くことで、虚数を掛け合わせるべき、もう「ひとりのひと」を呼び込もうとしていた。

5. 不思議な極限

戦後、復員した兵士はこの国において、必ずしもこころよく迎えられたわけではなかった。九死に一生を得て帰ってきたにもかかわらず、単に暮らして生きていただけの者から、よそよそしいまなざしを向けられる者がいた。歴史に遅れた彼はさらに失調し、国家を守っていたはずのその自らの像を国家に重ねることさえできず、深い疲れに日々倒れ込んでいた。

このような、孤独と衰弱の原因がまったく外部にあり、別のところでは戦争責任が「文学」の問題にすり替えられ、むしろ抱擁されたいとだけ呟いた血統が、原爆の一面の焼け野原を背景に手を振っていたこととはまったく関係のないところで、かつて政治に信を置いたやわらかな魂が、敗戦を機として呆然と傷痍したまま、ほとんど夢のような現実を寝てやり過ごしたか、もしくは現実においてその無意味の抽象地点を確定することにより闘争を開始したか、のどちらかの立場であることに優劣はない。なぜなら両者にとっておそらくは、再度引用すれば「喜怒哀楽のやうな言はばにんげんの一次感覚の喪失のうへに成立つわたし自らの生存」という孤独意識は共通するものであっただろうからである。

彼らは、現実の負荷を受け止める生存の強度において、間違いなく等価である。彼らが現実の行為の上で別の道を辿ったのは、覚醒した者が覚醒を決め込んだときに捉えただろう、「極限の像」「極限の相」の出現を契機とした。

人間存在においてその「極限」が設定されるのは、孤独な個が帯びている存在の限定性と、その限定性の彼方に感じられる「もうひとりのひと」たちの無限性の間に、「消えないもの」の沈黙（「わたしの表現することのなかった沈黙」）が現れるときだ。いいかえれば、覚醒した者は「ひとびと」の沈黙が吹き溜まる「空洞」へと進み出るのだ。

この進み出る者の像は、たとえば「つねにじぶんは傷つかないですむ位相で語られる革命的空語」（「情況とはなにか」）とは正反対の位置に現れているものであり、翻って言えば、この沈黙と均衡するものが「思想」だといっていい。それは決して「まことしやかに語る思想家たち」のものではない。「思想」なるものはおそらく、「像」「相」として身体的にこの世に突出するものなのだ。

その彼がどうするかといえば、

そうしてわたしはあたかも何ごとも起らなかつたやうにはじめてひとつの屈折を曲つていつ

た（……）わたしは自らのうちに自らを計量しながらつまり完全に覚醒しながら歩まねばならなかつた

詩というものが「自らのうちに自らを計量しながら」表現されず、接続詞によって順接してゆくだけのものだとしたら、私たちはそれを、散文詩ではなく散文的な詩ということができる。「固有時」において捉えられ、また省みられた「空洞」の場所および身体性が、その「空洞」を自ら満たそうとするとき、沈黙はさらに深まり沈黙の総量を測る時間が流れる。そして、その量が限度に達し、発語へと溢れる時点を「そして」ではなく「そうして」と、決意ある個としてのためらいを含んだ接続詞で接続（「屈折」）するとき、その接続は絶対に散文詩なのだ。

散文詩はそれ自体において成立する。いいかえれば、別の論理の集合体としてあるのではなく、自らの論理自体を参照して紡がれるという、論理の自立性（断片性）を有しているものだ。そして、この孤独な論理脈が、空洞の内部に引かれた一本の線、すなわち可視化された身体として自らの存在を訴えるとき、それはすでに別の孤独な論理の存在を触知している。

前衛という身体的な位置は、文字どおり孤独である。たとえば吉本が、前衛‐党という滞留を認めることができなかったのは、その単純な論理上の不整合に気づいていたからに過ぎない。繰り返して強調すれば、「空洞」に進み出た前衛にある「わたし」が、詩集冒頭で描写した「わたしたちの空洞をみた」し「意識の継続をたすけようと」する歴史的「風」、または所与である

「にんげんの一次感覚」それらの上に、直角の線描（思想の表現）が可能なのだと覚えるとき、その論理は自立する。さらに、自立のポジションにおいて自らを省みたとき、論理はもう一段覚醒する。

〈愛するものすべては眠つてしまひ　憎しみはいつまでも覚醒してゐた〉

わたしはただその覚醒に形態を与へようと願つた

覚醒した論理は、個の核心にある動力を可視的な「形態」として確かめている。だがその「形態」は、この行の後ろから引けば、「回帰についての願望」であり、「やがて何処かへ還りつくといふことのある佗しげな感覚」であり、「自らを埋没したい願望」を満たす永遠のマイナスとしての「暗黒の領域」であるという、どれも人にとっては平凡で幼稚な誘いに過ぎない。だからこそ、こう言わねばならなかった。

あはれなことにわたしは最初わたしの生存をうち消すために無益な試みをしてきた　その痕跡はわたしのうちに如何なることも形態に則してなされてはならないといふ確信を与へた
その時からわたしの思考が限界を超えて歩みたいと願ひはじめたと言へる

「形態に則してなされてはならないといふ確信」の下に思考するとき、論理上の直角はようやく実態的に開く。すなわち、「わたし」が自分を抱擁してくれる既存の形態のもの、言ってしまえば「日本回帰」を自らに許したとき、それは同時に、歴史の陰で語られぬままの人間の核心的な細部を塗りつぶし翻って他者を捨象し歴史を貶め、ついには思想の論理を葬り去ることになる。その「無益」に「わたし」は気づいたのだ。

「ひとつの屈折を曲」り「限界を超えて歩みたいと願」うことは、自立の契機である。しかしながら、動かしがたい巨大なものとの闘いに敗れ、陰惨な最低の個の姿から自分を恢復させようと目論むとき、人はどのような負荷を自らにかけるか。彼（散文脈上の自立した運動としてある「わたしの思考」）は、限界の向こうにただひたすら前進するのではなく、限界の手前にある「過去」を振り返るという現在時において、思考の限界を超えようとするのだ。

　おう　まさしくわたしがわたし自らの単純な軌道を祝福するために　現在は何びともしなくなつた微小な過去の出来ごとの追憶を追はねばならない　ひとびとが必要としなくなつた時　わたしはそのものを**愛してきた**のだから

（ゴシックは引用者）

「追憶を追う」という思考の後進性は、「過去の出来ごと」が置き去りにされ誰にも必要とされなくなった時点において、その過去を「愛」することのうちに絶対に必要とすべき時間として取り戻そうとする（それゆえ「荒地」派の詩人は、戦地に赴くことなく、戦中を「空白」（北村太郎「孤独への誘い」）として振り返ることのできた年長の詩人と袂を分かたざるを得なかったのであり、またそれゆえ戦後意識の持続という苦しい倫理を自らに課し続けた――後述）。

この行為としての「愛」こそが、私たちが書記の内容とすべきものなのではないか。よく考えなければならない。読むというネイキッドであるべきまなざしが、いつしか相互監視へと質を変え、その結果もたらされた書記それぞれの孤立（自立ではなく）が、もはや殺伐さの表現以外ではない現在において、書記をめぐる時代的な圧迫に抗うには、「人間の極限の相」に近づく思想の自立の過程において見出された、いわば個の最小にして最大の存在的充塡物である「愛」を、共通項として深めてゆくほかないのではないか。

吉本はこの「愛」というものの手触りを、たとえば次のように示している。

> わたしは不思議といふ不思議に習はされてゐたしまた解きあかすことも出来た　だから突然とか超絶とかいふ言ひ方でそれを告知されることを願はなかつた　ただわたしたちは現在でも不思議といふことをわたしたちのこころの内部で感ずることが出来た　そしてあの解きうるものにちがひない現象が　こころに与へた余剰といふものを不思議と呼び習はしてきた
>
> （傍点――引用者）

不思議な余剰は、「わたし」の輪郭の限界を内側から破るものとしてある。北村透谷が、厭世を眠たくなるような町家での連座のうちに解消する（＝俳諧）のでもなく、大陸まで俯瞰し構成し直した墨色の強弱で達観する（＝漢詩）のでもなく、「恋愛は人世の秘鑰なり」と断言した対人間意識のうちで、あまりに過剰な内面の沸騰現象に思わず生命を告白したニヒリズム（「内部生命論」）をもって近代詩が始まったのだとすれば、ここで示される「不思議」さは、内容として詩の正統に位置づけられる。「余剰」という名辞しがたいものが「こころの内部」をぬって自己を主張するとき、その「余剰」は「突然とか超絶とかいふ」啓示されるものの文脈へと回収されることを拒み、ただ「不思議」＝生命の位相において捉えられることを望むのである。

「極限」に向けられた意識が自らを削り、それでも残余する「余剰」なるものが「限界を超えて」語り出す。この自ら語る「余剰」と、「固有時」にある「わたし」との間の緊張が持続されるとき、詩は自立した散文脈を形づくる、といえるのではないか。いいかえれば、存在の終着点「空洞」へのまなざしが逆に個の輪郭を確かめさせ、また個としての空間を広げさせ、さらには、その場所における限界への思考が「愛してきた」という時間の幅をもたらしていたのではなかったか。

これでようやく、私たちは「孤独」の内容と意味とを確かめることができる。「転位」を必然とする人間存在の核心、これ以上分割できない「わたし」とは、

わたしの時間のなかで孤独はいちばん小さな条件にすぎなかつた
（……）
言ひかへるとわたしは自らの固有時といふものの恒数をあきらかにしたかつた

とされた、内容として孤独にある者であり、「固有時の恒数」という意味をもつ者のことである。この恒数（像）は虚数（「空洞」）であり、それゆえ掛け合わされるべき虚数として待機していた。すなわち再度引用すれば、

わたしは自らの生存が何らかの目的に到達するための過程であるとは考へなかつたのでわたし自らの宿命は決して変革され得るものではないと信じてゐた　わたしはただ何かを加へうるだけだ　しかもわたしは何かを加へるために生きてゐるのではなく　わたしの生存が過去と感じてゐる方向へ抗ふことで何かを加へてゐるにちがひないと考へてゐた

「わたし」の外部で進む時間に倣う時間と、時間に「抗ふ」「固有時」の（振り返りつつ進む）時間を比べたとき、生存の様相はまったく異なる。つまり、時間に「抗ふ」ときの「わたし」なるものの像は、逆進性の時間において生じている。「わたし」を、わたしではないものの「空洞」

に投げこませようとする、外部の「時間」に抗うことは、別の個と出会うための条件である。だから、私たちは「何かを加へてゐるにちがひないと考へてゐた」（傍点——引用者）という謂いに表現されている、時間の幅（「固有時」の足取り）を絶対に擁護しなければならない。なぜなら次の弱気な歌は絶対に嘘だからだ。

〈ああ　いつかわたしはこの忍耐を放棄するだらう
　そのときわたしは愛よりもむしろ寛容によつてわたし自らの睡りを赦すであらう〉

「わたし」はついに「忍耐を放棄」せず、「寛容によつて（……）睡りを赦す」ことをしなかった。「わたし」は忍耐して「わたし」を限界まで追いつめ、その限界（「極限の相」）において別の時間の存在を探り当てていた。

わたしは現実の風景に対応するわたしの精神が存在してゐないことを　どんなに愕いたことか　わたしの不在な現実が確かに存在してゐた

わたしはほんたうは怖ろしかつたのだ　世界のどこかにわたしを拒絶する風景が在るのではないか　わたしの拒絶する風景があるやうに……といふことが　そうして様々な精神の段階

に生存してゐる者が　決して自らの孤立をひとに解らせようとしないことが如何にも異様に
感じられた　　　　　　　　　　　　　　　　　　　　　　　　　　　　　　（傍点原文）

資本主義＝露出した空間において、「様々な精神の段階に生存してゐる者」は、互いにやむなく併置されているにすぎない。彼らの前に現れる者は、沈黙を強いる名辞不能な何かである。けれどそれゆえ、互いの存在を触知し得るのだとしたら、世界の相は変わる。

わたしは昔ながらのしかもわたしだけに見知られた時間のなかを　この季節にたどりついて
ゐた

「わたし」は「昔ながら」の「わたし」と改めて出会う。この時間の逆転と正転が嚙み合うところに現れている「わたし」は、詩集『転位』の執筆を待つまでもなく、すでに「転位」したところのものだ。この「わたし」は、「昔ながら」かつ「わたしだけ」という性質、いいかえれば存在の水平垂直の原点を示す覚醒的な代名詞へと変貌している。そしてこの一人称に至っては、「わたし」は「わたし」以外の「わたし」との距離が測定可能となり、別の時間に生きる存在「もうひとりのひと」へとその存在を開くのだ。

6．愛するひと

とつぜんあらゆるものは意味をやめる　あらゆるものは病んだ空の赤い雲のやうにあきらかに自らを恥しめて浮動する　わたしはこれを寂寥と名づけて生存の断層のごとく思つてきた　わたしが時間の意味を知りはじめてから幾年になるか　わたしのなかに　とつぜん停止するものがある

（傍点――引用者）

吉本が突き詰めてきた生の論理脈は、原点としての「わたし」に至ってついに、自らを赦した。これ以上ゆくと、「わたし」という存在が喪われるという、彼岸との接点「生存の断層」において、「固有時」の時間が止まり、その風景は寂寥のものへと変わる。「わたし」にはこれ以上、何も見えず何も言えないのだ。それゆえ、「わたし」が依然として存在することを望むのであれば、マイナスの過剰さにある存在の現在において、掛け合わせるべき、別の他者の存在が必ず呼び出されなければならない。

〈愛するひとたちよ〉
わたしこそすべてのひとびとのうちもつとも寂寥の底にあつたものだ　いまわたしの頭冠に

あらゆる名称をつけることをやめよ

「愛するひと」とはいったい誰のことか。詩集において内在的に考えてみなければならない。すると、『固有時』序盤にある「何にもましてわたしたちは神の不在な時間と場所を愛してきたのだから」との行が浮かぶ。つまり「愛するひと」とは、「神の不在」という真空に耐え人間の「固有時」に共時的に存在している、固有のこれ以上分割できない者「もうひとりのひと」のことだ。だから、『固有時』という詩集は次のとおり締め括られる。

明らかにわたしの寂寥はわたしの魂のかかはらない場処に移動しようとしてゐた　わたしははげしく瞋らねばならない理由を寂寥の形態で感じてゐた

なぜ目を見開き「はげしく瞋らねばならない」のか。それは、「わたし」という「固有時」はいまや、存在の無限遠点（「寂寥の底」）から引き返してきた、いわば逆転した「空洞」の形態にある者であり、その逆転は自らに他者への志向性を付与するからである。

「固有時」は人間存在のリミットに向けて、人間同士を関係づける「愛」の力を人に試していた。

「荒地」と吉本隆明（それぞれに孤独に）

「固有時」との「対話」という作業をきちんと行ってしまうと、それが元々そうなるところのものであったかどうかにかかわらず、つまり運命の問題とは別に、人の内面は確実に亀裂し破算する。「荒地詩人賞」を受賞し、「荒地」に執筆した、という意味での「荒地」派の最後尾から、鮎川信夫や北村太郎、田村隆一らの長命に倣うように生き延びたのは、内面の破算後に人は死なければならない、というあまりに典型的な物語に抗うよう、地道に破算後を考え続けるということにおいて生きる、という方途の、長い長いエンドロールであったように思えてならない。

考えれば、この「固有時」を通過した詩人それぞれの事後の姿が、戦後詩の風景だったといえるのではないか。そして、共に離れて存在する彼らの身体こそが、図らずも実現していた孤独な連帯の〈像〉だったのではないか。だとすれば、像を形づくっている個々の内実とは、どのようなものであったか。

＊

一九二〇年に生まれ、詩意識にモダニズムを充分に湛えたまま戦地に赴いた鮎川信夫は戦後、

「ぼくら」がみんな生きていた「短かつた黄金時代」(「死んだ男」)を振り返って、

それは昭和十六年の冬のことだ
不安は胸にたかまり
なじめなくなった季節のおわりに
ぼくは書きつけた

(……)
それから　ぼくの絶望は
ぼくらの共同社会からきりはなされていった
やくざな渡り鳥のようにレインコートを肩にかけて
お別れの短かい放浪がはじまった
やがて　肉体の要求にさからう魂は
沈黙の奥ふかく追放された
離反につづいて孤立がはじまった
くらい幽閉がはじまった
ああ　それが何の「はじめ」かわからぬうちに
たちまち去った警告の時代よ

(「もしも　明日があるなら」)

と書いた。「共同社会からきりはなされていった」「ぼくの絶望」という生の抗いにおいては、日本ファシズムが統制派の膨張主義をもって外形的にも完璧となった東条内閣組閣の「昭和十六年」もおそらく、その「なじめなくなった季節」の重さに加わっており、より一層、悲惨な様相を帯びている。

鮎川の、「たとえば霧や／あらゆる階段の跫音のなかから、／遺言執行人が、ぼんやりと姿を現す。／──これがすべての始まりである。」（「死んだ男」）。この四行が名実ともに戦後詩の始まりを告げたのは、「死ぬ理由」をもった（もつほかなかった）者（戦死したM）と「生きる理由」をもたない（もちようがなかった）者（「遺言執行人」）が、敗戦によって分かたれたにもかかわらず、むしろその絶対的な距離感、つまり断絶によって更新された関係性が、詩の論理の端緒となったためだといえる。

つけ加えるならば、吉本と鮎川でいえば、歴史の風向きは吉本において「〈風は過去のほうからきた〉」と規定するにしても抽象的だったのに対し、鮎川においては「Mよ、地下に眠るMよ、／きみの胸の傷口は今でもまだ痛むか。」と個人的に悔やまれねばならぬものだったのだが。

ともかく、それぞれの孤立が核となり、それぞれのものではない孤立が幻に連帯するごとく「荒地」派を形づくったのは、日本の詩の苦しい栄光であったことは間違いない。それは「そしてぼくたちは生きてゐる理由をなくしてゐることだけで／同胞と運命をつないでゐる」（「絶望から苛酷へ」、『転位のための十篇』）栄光だった。

田村隆一は、鮎川の「死んだ男」に注釈を試みる「地図のない旅」という散文のなかで、その直観的断言によって、詩人による言葉との闘いをこう説明している。

詩人は直喩から見離され、また、真に勇気のある詩人はあえて直喩を自らすすんで放棄します。「死んだ男」には直喩への訣別の宣言があり、暗喩のなかに自分自身の道を歩いて行く人の大きな感情があります。（……）詩人の仕事は、暗喩につぐ暗喩の旅のなかに大いなる「直喩」を見出すことです。

この「大いなる「直喩」」は、田村の詩集『四千の日と夜』（一九五六年）において、たとえばこのような現れ方をしている。

世界の真昼
この痛ましい明るさのなかで人間と事物に関するあらゆる自明性に
われわれは傷つけられている！

（「一九四〇年代・夏」）

真昼の鮮烈な明るさの下で、「われわれ」の傷はそれが自明過ぎることであるがゆえ、傷のように開いている。この自明性は、「荒地」派の性格を決定づけていた「生きてゐる理由をなくしてゐること」(吉本「絶望から苛酷へ」)の剝き出しの様のことだっただろうし、「霧」(鮎川「死んだ男」以下同)や「階段の跫音」というそれだけでは不明瞭な、しかしそれゆえそれとはっきり解る、戦後詩の「始まり」のことでもあった。

理由は別々であるとしても、彼ら「荒地」派の詩人が、内面の破算後になお生き得たのは、詩(の問題)に対して極めて倫理的なスタンスをとり続けたため、ということはいってもよいだろう。〈信〉(吉本でいえば少年時の帝国主義に対して)から「空洞」にまで引き下がった体験をもつ「固有時」の「生」は、倫理の問題として事後、「生」を充塡し続けなければならなかったのである。もとより、吉本よりやや年長に位置する鮎川らの世代においては、生きることと詩(作品)の問題は、「死んだ男」に対する現代詩の処遇の如何が問われることであり、その切実さは自明のものであった。

ところで、一九二二年生まれの北村太郎が、七七年に刊行した『おわりの雪』に収めた正直な詩「きみの人生」は、吉本も含めた「荒地」派の倫理的な生の、別な苦しい側面を捉えていた。北村は批評「孤独への誘い」(一九四七年)において、戦中に詩状況の「空白はあったか」と先行世代に対して強い疑問を呈した。具体的には「戦争時代」を「ブランク」に過ごしたのは「新しく出てくる詩人」ではなく、そう捉えた当の北川冬彦ら「三十代、四十代の詩人」にほかならぬことを指摘し、戦争責任論の口火を切った。

吉本はたとえば家族を養うサラリーマンに、大衆としての地に足の着いた生活を見ようとしたが、その生活こそは、敗戦を基点にまさしくそこへ下降した北村をしてこう言わしめた。

きみの人生って何だったんだい
二十年以上も校正の仕事をやってきて
横倒しの字やあて字をなおして
ずいぶん忍耐づよかったみたいだが
(……)
食うために勤めてからのきみはおかしくなった
疲れたよとこぼしながらよく癇癪もちのきみが
二十五年もサラリーマンをやってきたものだ
(……)
いくらきみが世渡りがうまくても
朝から晩まで忍耐するという代償では
失うもののほうが大きいにきまっている

北村は当然、吉本以上に大衆の砂のような日々の味わいを知っていたはずだ。そして、北村と吉本の位相はほとんど違わないように思える。北村が大衆の生活で完璧に割を喰い、誤解を恐れず言えば、吉本がついに大衆の生活に下降し切れなかったことで割を喰った、という些細な違いに過ぎないことだ。

＊

「固有時」における「わたしを拒絶する風景」の発見＝現出は、否応なく「わたし」なるものの輪郭を明らかにする。若さといってもいい、生の自働的な直進は、この地点に到って差し止められる。生の暗礁は「生存の断層」となって亀裂し、生存の意識に決定的な変化を突きつける。吉本はその風景を「寂寥」と名づけ、「転位」を必然（必要）のものとした。

「転位」が方法だとすれば、人が「生存の断層」にぶつかってもなお生きようとするとき、別の方法として、断層の脇を抜けてその向こう側にまわる、という身の翻し方がある。たとえば尾崎放哉の「墓のうらに廻る」はかつて、この抜け方を個人史の後ろの時空（墓）でやってのけたものだ。しかしバリエーションはさらにある。

断層に自らを見て死を宣告し、その断層のなかへと突っ切って行ったのは谷川雁である。「いまや饒舌をもって饒舌を打つことが老いるにはまだはやい私のみすぼらしい戦闘である。ようやくにして私は自己運動の平凡な旋律の外にあふれようとしている」としたのは、「私のなかにあった「瞬間の王」は死んだ」との書き出しで有名な、『谷川雁詩集』の「あとがき」においてである。その谷川雁にしても当然というべきか、

ありふれた露草の匂いをさせている
みずうみよ　中央委員会よ
剣をぬけ　火曜のつぎに水曜がくるという
奇怪なたしかさがわかるまで血を流せ
人間　人間　くるしい渦をまく蛇

（「匪賊のささやき」）

と書きつけ、摑み得ぬ私有（存在）の周囲を回る蛇の意識の無時間と、その外部で確かに進行する時間（「奇妙なたしかさ」）との齟齬に苦しんでいた。その歯ぎしりがついに砕くところの私有なる断層の先に、ふるさとに値する「人間」を奪い返す闘争を見たのだった。

エピローグ《モノローグ》（孤独の復習）

みじめさは、社会がある限り誰かが引き受けねばならぬ。社会において、消費の自由を主体的に（！）享受する、その数が着実に増えつつあったとき、まさに重圧としての社会的みじめさを

濃縮するかたちで引き受けていた者が確実にあった。社会からみじめさの引き受け手が〈像〉として減少するなか、その絶対量は確実に注入先を確保していたのである。それは、権力側（在権）にある人間がその見せかけの盛栄に政策上、胸をなでおろしていたとき、誰からも見落とされるかたちで、みじめさに沈没した者があったということだ。

病院や列車での隣の席に偶然、居合わせた者が、もしかするとこの世でもっともみじめな心持ちであるかもしれぬ、と緊張することのできる力が想〈像〉力であり、「ひとつの直接性」（「ちひさな群への挨拶」、『転位』）とは、この想像力を基にして人世に立つ、という決意以外ではないのである。彼には何か言葉をかけるべきか、といえばそうではない。言葉に信をおくことはできない。言葉は信をもたらし分かち合う場所だからである。その不可逆に、吉本の直接性は詩というかたちで直接的に関係を与えた。

現代と詩における価値──『北川透現代詩論集成1』

『北川透現代詩論集成』の刊行にあたって二〇一四年十月、都内で開かれた記念シンポジウムでは、北川氏の「いまほど他人への関心が失われた時代もない」といった吐露が印象的であった。北川氏の批評は単独者の哀しみを見定めて捌き、退け、揶うといった姿勢に貫かれているように思う。吉本隆明のように時に烈しく容赦がないが、対象の人の横にさっと並んでいつまでも歩き続けるような筆致には、対象の対象化に耐える時間があり、これが北川透の恐ろしさであると一人合点していたのだった。

考えてみれば当然、他者への関心は、自分の思想が結実するための基点であり、戦争で「死んだ男」の記憶を終生いだいた鮎川信夫を中心とする「荒地」派への関心はだからこそ、納得がゆく。北川透という、自身をメディアに据え、事実、時機を逸することのない「時評」を持続してきた批評家は他人への関心が失われていく現在の風景に対して、どのような姿勢をとるのだろうか。

正直に言うと、私がまとまって読んでいたといえるのは、『詩と思想の自立』『原野の渇き』『荒地論』『詩的メディアの感受性』『詩論の現在』『詩的レトリック入門』などで、北川氏のあまりよい読者とはいえない。しかしながら、私もただぼんやりしていたわけではない。二〇〇〇年代の透き通るくらいに真っ暗なといえば分かりにくいが、つまり誰とも手を結んではいけないという、詩の批評の蓄積が醸す無言の抑圧のなかで、孤立の点を結ぶことはできるか否か考えていた。詩の友情のことだ。だからこそ、シニックな視線さえ懐かしいような現在において、北川氏がどのような批評によって自らの位置どりを示すのか、関心をより強く持っている。

北川氏の言葉を引けば「表現史の総体がいま詩を書く尖端に何を強いているのかという、その結節点にこそ見出されるべき」「詩の現在的課題」(「〈民衆〉とは誰のことか」、『集成1』以下同書)が、結節点なき筆者たることを強いられていることにあるとしたら。「荒地」の解体から個々の自立、成熟、撤退という文脈の果てが、一周して乾燥した砂の「荒地」に至ることとなっているのだとしたら。「詩の自由」には、改めて理念の共同化に取り組む契機があるのだろうか。

鮎川信夫が時に無理な論理をもってにせよ、理念による共同体を一時、実現できたことは戦後詩=現代詩の栄光であったと思う。北川氏が民衆の規定にして「直接の生産にたずさわり、支配権力からは閉め出され、マスでありながら、雑多な利害関係によって孤立させられている者が民衆であるとすれば、そのような存在の欠損を即自的に埋めているものは、宗教や習俗など長い時間を累積してきている風土幻想であり、マスとして制度化された共通感覚であろう」(同)と述べるとき、私たちは現在進行形の感覚として肯かざるを得ない。さらには、共通感覚の崩壊が加速するときには、即物的な自由の引き算によってさえ共通感覚が維持されようとすることを、思い出さざるを得ないのだ。

理念の下での集合から孤立へと辿るベクトルに対して、その逆は可能か。可能だとしてそのとき、何と対立するのか。そもそも、遡行の時間における「思想の自立」は個人においてあまねく耐え得ることなのか。

もう一つ、印象的であったのは北川氏が、おそらく身体レベルにおいても萎縮した現代における多様性の回復に際して、詩における「文体の複数化」の必要を述べていたことだった。ウェブ空間の一般化によって、社会の閉塞がもう一枚複製され、その合わせ鏡の間に私たちの身体はあるのだと思う。他人への無関心はレバレッジとなって、自分への関心を高めさせる。たとえば、私信やレベルを問わない感傷の公開は、無数の目に囲まれて乱反射する自身のこころが蒸発しないための処方だ。しかし、善意であれ悪意であれ、対立を前提としない言辞においては、他人は端的に言って存在しない。文体を様々に抱え込むことによって処するとしても、その分裂においてどこまで自分を保ちうるか。

もちろん、北川氏の言うところの必要な文体とは、詩意識が自らおよび時代と対立することで彫り出される（自立する）もの、別の言い方をすれば、詩の宿命をなぞりつつある自分をもってその宿命を破る、との企図にある、危機的なものであると思う。しかし、それがどれほど粗末なものであろうと、営みとしての書記（公開）が「民衆」それぞれの死活に係わることにまでなっている場合、その自立はそれぞれに特権的な契機を待つほどの有余をそれぞれが持たない。つまり、「私は自由に公開し続ける」という文意の提示に留まり続ける。その文意の密度に絞り出され、緊迫してあるだろう「詩の自由」はどのように保たれるのか。

「荒地」派の詩人が、戦後詩において共同で果たした仕事である「詩がいかなる巨大な力にも制約されない個人のものであり、自由なことばであることを、詩作品と批評を通して確立した」（「鮎川信夫と「荒地」の意味」）こと。また、歴史的な生産力をもつ「過去」の喪失が、批評における公的基準の設定を困難にしているとする鮎川信夫の論「現代詩とは何か」を引きつつ指摘した、鮎川の「《伝統の欠如》を媒介にしながら、世界のなかから〈持続的価値〉を含む文化的遺産を求め、それを新たな価値の源泉しようという態度」（「《伝統の欠如》について」）という思想的果実。私は、「荒地」派をめぐるこの二つの視点が今後とも、詩の自由の大きな指標であるだろうと思いつつも、『集成1』の「あとがき」で記される「あんかるわ」同人らへの思いに、直接的な影響を受けてしまう。

すなわち『荒地詩集』「全八冊を、詩人えのきたかしが経営していた豊橋の古本屋でまとめ買いし」たことや、親しかった同人と為された「自宅や喫茶店で、日常的に会っていた、彼との文学談義における主要な話題」のことだ。詩の自閉を揶揄することにより、現代詩の外部で生き延びようとする現代詩人の処世がある。しかし何より、詩を通じた交友で自身の詩を深めてゆく大切な時間が、それぞれの現代詩の重みを作ってゆくはずだ。「現代詩の終わり」に誘惑されるとしたら、その未来への価値に対する奢りにおいて、すでに自身が終わっていることに気づかなければならない。

時代の仮構を遡る宿命——『北川透現代詩論集成3』

「危機と転生」との主題に向けて仮構される「六〇年代詩」。だが、詩に内在する認識が「形成されていくべき新しい詩的現実」（「佐々木幹郎論」、『集成3』以下同書）を示しているのであれば、「六〇年代がどうの、七〇年代がどうのということは、詩にとっては本当はどうでもいいこと」（「同」）なのだという。もちろん、新鮮なる現実をつかむためには、仮構の手続きが論述の手続きとして必要であることは分かるものの、それだけでは過ぎ去った時代の細部を振り返る意味は、現在からすれば弱いはずだ。

もし、この詩論集成が六〇年代詩をほんとうに仮構のものにとどめる、すなわち、詩人、またそれぞれを語る著者自身の生を詩的現実の止揚のための踏み台とし、結果そのクロニクルの総体をもって時代の華々しい重量を主張してくる本であったなら、読者も著者とともに「ことばが語る時代だった」（「「あとがき」に代えて」）との嘆息を読後、漏らせばよいことになる。しかし、そのような意思によっては、危機や転生の契機までには至らない。

そう、読者はその逆の事態を目の当たりにする。六〇年代詩をひとつの集成として語る著者は、新しい現実に向けて前進する快活さとはほど遠く、むしろ進もうとすればするほど、時代の詩人の無言の訴えが粘り強く糸を引いていく。たとえ、「問題は六〇年代詩人とは誰かではなく、どんな課題を担ったために、従って時代を越える裂け目を曝したが故に、六〇年代詩人と呼ばれるのか、ということ」（「詩的断層十二、プラス一」）といくら著者が強調するとしても、ある時代を仮構できるほどの課題を担った個々固有の人格は、激しい生の欲望にある者であり、その彼らが、命より大切な「六〇年代」の課題から抽出される普遍性（詩的現実）を手土産に、著者を未来へと送り出すような生易しい者であるはずはないだろう。

論述の対象となるのは、四〇年代生まれの清水昶、佐々木幹郎をのぞいてほぼ三〇年代生まれ。いわゆる「第三期の詩人」（吉本隆明）および、さらにもう一回り下の世代に当たる。収録された論の発表時期にはおよそ四十五年の幅があるが、論述が定める位置は一貫して、詩の自由と切り結ぶ狂気への正対である。

論の足取りは、戦後空間に押し黙る内なる声（飯島耕一）、その不安の相に開き直った新しい青春の場への反転（大岡信）、絶え間ない虚構化についに耐えきれなくなっていく「極私」（鈴木志郎康）といった局面をめぐったのち、菅谷規矩雄および天沢退二郎の詩をすぐれて六〇年代詩たる作品として評価するものだ。

しかし、その評価は留保つきだ。「日常性や生活意識の媒介を持てない」（同）まま原理論（詩的リズム）へ突入してゆく菅谷、並びに、原理への決定的な問いを欠いているとされる天沢の「徹底した言語への不信、破壊」（「天沢退二郎論」）が表す「反現実」の相をかわし著者の論理が届こうとするのは、反現実における詩的現実（狂気）以上にシビアな「関係」との実存的現実である。「個体において詩が生まれ出ようとする力をさまざまな規定力で扼殺しようとして、逆に詩の本体力ともなってしまう現実の関係の総体」（「同」）であるところのそれを「反詩」の領域とも呼び表す著者は、時代から普遍性を抽出する手続きを進めているのだ。

しかしながら、詩の手続きとしての時代的仮構が、詩に関わる人生にとって容易に抜け得る構造であるはずはない。この詩論の集成が苦々しいのは、時代の栄光および自身のオブセッションを振り返りつつ前へと進む渾身、またその一方での、後ろからくっきりと象られた著者の人影を凝視し追いかけてくる、時代の死者の無言を湛えているからだ。それゆえ、「関係」、人生、詩的現実という三者間で玉突きされる著者の歯ぎしりが詩を語ることになるのだが、そうしてこそはじめて、言語に対する物神崇拝は避けられ、普遍的な詩の関係が成就するのだ。ここにおいて、北川の危機はフル充塡される。

さて、六〇年代が情況としての仮構に堪えるのには、安保闘争を通じた「戦後」なる理念的希望（の消滅）が係っているが、その仮構の頂点にあるのが「一九六〇年六月十五日」である。党派的静観と国家的シニシズムがかごめかごめと歌うなか、安保闘争中の最大の高揚であった「国会内広場に突入した全学連主流派と警官隊の衝突の現場」（「詩的断層十二、プラス一」）において、死でもって仮構の絶頂を表現した女子学生の事実は、学生のみならずその他全員の情況を抜き去り、その先取られた現在「六月のオブセッション」（菅谷規矩雄）が事後、六〇年代詩を駆動させてゆく。

ただし、この安保闘争を挟んでの「全認識界の崩壊という事態」（「天沢退二郎論」）は確かに、理念構造（イデオロギー対立）の水準として衝撃であったかもしれないが、個々人の先験的な（固有な）理由がテコとして働かなければ、崩壊する現象としては認識できなかったはずだし、そもそも崩壊する理由がない。だから、六〇年代を語るに堪える発話者は、六月以前からのオブセッションからやってくる。そのオブセッションの内実が露出し、劇詩的に展開するのがこの詩論集成である、と言ってもよい。

著者の論述は実は、「狂気」に加えて「遅れ」との自意識が軸となっている。この遅れの内実こそが、著者がほんとうの意味で六〇年代詩の向こうに撃ち抜かねばならぬオブセッションであることは、たとえば次のような箇所からも分かる。

「（遅れは）わたしを内側と外側から規制している、時代、社会、風土、生活、血縁、教育などの関係のねじれや、それらの複雑な絡まりの表現以外の何ものでもない（……）わたしは遅れる。しかし、遅れるわたしには、わたしを越えた理由がある」（「詩的断層十二、プラス一」以下同）。その遅れは、地方に生まれ、地方の大学を卒業し、地方の職場で労働組合の結成に奔走し、おぼつかぬ組織の運営に関わり、確たる手応えのないビラ配りに汗を流す青年として成長した著者に、六〇年代詩を絶望的な、東京発の恵まれた現代詩として捉えさせたところのものだ。

「遅れ」は、遅れを注ぎ出す「河」の上流へと著者を遡らせる。「河の悪意と親和、暴力と自己同一化に逆らって、河の内部を遡行するためには、新たに河の意志から分離された主格としての〈わたし〉を組織しなければならなかった」。「河」とは著者が詩のモチーフとして採ってきた関係の総体である「わたし」のことだが、故郷を源流とするその河には苦々しい関係の鬱屈が澱む。著者はその毒のなかをもがき、故郷につながる安住や陰湿を「反詩」に対立するものとして斥け続け、その果てに、ついには故郷を突き抜けた「何をもってしても塞ぐことのできない、不気味な空洞や断層」の所在を、六〇年代の情況としても実存の足場としても捉えるに至るのだ。

しかし、この空洞や断層を見据えるとき、著者はそのブランクに何を欲望しているのだろう。たとえば「吉増剛造論」における、文学が回生するための方途との文脈で語られる「言語が《百の動物の眼》を孕むことによって、有機的な生きた虚体となる」ことだろうか。それはほんとうに、著者が強調してきた「詩の自由」をもたらす方途なのだろうか。

集成の総論に位置づけられる「詩的断層十二、プラス一」において、六〇年代の情況を背景として必然的に運動した構文破壊「シュルレアリスム」に対極するかたちで、詩の可能性として提出されているのが「意識性（思想）の詩的表現」である。それは詩であるものは詩ではないと言う、反対の論理が極まったところで思想としてせり上がってくる、言葉の運動のことだ。

その実例が、神戸大学を懲戒免職された造反教官、松下昇の作品「六甲」であり、著者は「作品の自立的構成という内在性だけで捉えずに、そこに浸透してきている外部、思想像をも視野に入れている」として評価する。しかし、ここでも評価は留保される。なぜ留保されるかといえば、ここでの表現の高度は安保体験に関わる「ルサンチマン」を隠し持っており、その思想表現を現実に転化しようとしたとたん、表現の高度さゆえに行為者がルサンチマンとして表現されることになるからだ。いわば、心情的ラジカリズムであるところのこの詩的表現は「ルサンチマンから一直線に延びる、権力対反権力の対抗図式の不毛」に帰着する。結果、不気味な「断層」のひとつとして六〇年代詩を構成する。

ここまで論理を追い詰めても、何ら六〇年代に開放感をもたらす詩的現実の常態が見つからないのだとしたら、詩の転生の可能性はどこにあるのか。少なくとも、遅れの意識にある著者自身においては、心情的ラジカリズムの表現形式を避けながら、河の源流にさかのぼって行くこと、いわば宿命（それ自体を生きること）の形式に自らを捧げるほかないのではないだろうか。強調するが、覚えてきた言葉は取り返しがつかない。詩を語る者は、著者という「あなた」（他者）の宿命からやってくるほかないし、そもそも「わたし」が「あなた」という、他者の宿命からの自由として現れ出るものでなければ、「わたし」であることは修辞に留まるだろう。

最後に、「あとがき」にそっと置かれた、しかし極めて重要な問いかけに触れざるを得ない。それは、「ことばが語る時代」だった六〇年代が古びて見える、錯綜した現代の「発話者」は何か、というものだ。当然、システム技術の展開を前提とするが、著者はこの発話者を仮に、「途方もなく複雑に錯綜する、見えない時間という怪物」としている。しかし、この怪物とは新しい指向性を有するものなのか、それとも、現代が欲望する時代の「理念」に過ぎないのか。もし後者だとすれば、私たちはまさしく、未来から射抜かれるべき断層の情況にあるのではないだろうか。

最も耐えるに足る幸せ――吉田文憲詩集『生誕』

「わたし」の思いは、もはや何にも託すことができない。あなたに伝えたい、あなたに何かを伝えたいということをあなたに伝えたいとき、どのような方途があるというのか。どうすればいいというのか、わずかな手掛かりさえ確信的にないのだ。そのようなとき、人の内面は耐え難さの頂点に到る。ここでは思いのすべて、すべてを超えて溢れ出るものも含めてすべて、独りで引き受けなければならない。

しかし、このような現実におかれた身体においてこそ、導き入れられているものがある。未知の、謎の、脅威的な、破壊的なものが。ここで耐えられる痛みは人が耐え得るもの以上であるがゆえに、人を満たす情のうち最も高貴なものとなるだろう。ほとんど誰にも知られない高貴さが、もう誰にも分かってもらえなくともよい高貴さが――。

顕れ――そして失踪することによって生き延びてゆくもの

紡がれた光のなかに浮かんでいるあまりにもはかない生きものの姿——それがあなただ
（「顕れ」）

として捉えられる「あなた」はほとんど実体をもたない。いったい何ごとだろう。

失われたことによって生きはじめる、まだ言わずにいることを。
（「消点」）

これはいったい何ごとなのだろう。伝えたいことが喪われることにおいて息を吹き返す、そのようなところで主張する主格とはいったい何なのだろう。しかも、

黙っているあなたまでの距離が、饒舌なわたしのきょうの生命を繋ぎ留めている、
（「生誕」）

ような、「あなた」と「わたし」とは絶対的な不均衡にある関係なのだ。

詩集という域において、「沈黙」「瞬間」「呼ばれ」をひたすら生きるほかない「わたし」はほとんど死に触れている。「あなた」という人称に近づけば近づくほど風景が消え、人が消え、時が消え、ついには「わたし」も消失してしまうだろう。けれど、消えて何が悪いのか。むしろすべてを消さざるを得ないのだ。わたしたちは、仮構された作品的「開かれ」や与えられる「危

機」が著者の賦活に機能する書記の反復を、断固として認めるわけにはいかない。率直に言えば、不特定の読者が殺意の対象として想定されない詩など、詩には値しない。

「あなた」だけに伝えたいことがある。その意志の残酷な烈しさだけが、わたしたちの生きた時代だった。すべてを滅ぼさざるを得ぬ、という動機のなき者に詩を書く必要など決定的に、ないのだ。「あなた」だけを残したい、その罪を自覚する者だけが、その罪の涯てで蘇るように現れて来る植物や動物を目撃する。この、前後不覚のほとんど滅びた「わたし」と、遅れてやって来る人でないものの群生が、詩の風景の正確なのだ。そこを独善と傲慢の限りに「いない人を求めて歩」(「人語ではない、(夜の)」)く覚悟がある者のやさしさを、果たして誰が理解してきたのか。そしてきっと、きっと誰もいなくなっても「分裂したままに、この息は、詩句は、/ふいに訪れた影のように、声のように/それでもまだここに残らなければならないのだ――」(「残された声」)という、凍るようなさびしさにある闘いを自らの根拠とする者がいたこと、それをいまの「あなた」は知らない。

「詩は頂点に到達する。頂点の高みからは、多くの事物が逃げてゆく。そして誰もが目が見えなくなる。もはや何もなくなってしまうのだ」(G・バタイユ「純然たる幸福」酒井健訳)――、そう「わたし」は最も報われることのない到達の道を行く。最も遅れる希い、死の後の幸福、ついに知ることのない「生誕」を迎えに行く。そう、「あなた」を迎えに行くことをいまの「あなた」ではない、生まれる前の「あなた」に伝えるだろう。

みぞれの声のする方へ
重くたわんだ空
みぞれの声のする方へ
背に白い光が流れている

（「人語ではない、（夜の）」）

この遅さ、進まなさ、速度への法外な無関心は「わたし」をただ、ここに追放し、しかしそれこそが残余する者のラディカリズムを駆動させる。ひたすら「瞬間的なたえざるカタストローフによって散りぢりにされたものたちの／たえず失われ、たえず死につつあるものたちの声」（「光」）を聴いている。この最低の地において、最低の声に耐えて互いの死が通い合うとき、「あなた」と「わたし」を結ぶ人称「わたしたち」（具体的には「水辺には」「残された声」「いつもだれかに」「水紋のゆらめき」に現れているそれらが引き受けの強度からして当たるだろう）が現れる。これは主格の享受に動員される誰とでもよい「わたしたち」ではない。限定された一人称と二人称の結ばれによる「人称」だ。

この「わたしたち」は距離を生きるべく亀裂を抱え込んだまま、「わたし」以上の、「あなた」以上のものに近づいていく。そして、おののくべき鮮やかさのもの。

……（夢に二つの影が立った）ゆうべの石切場の赤土の崖のひとところに小さな白い花が咲いていた。

（「水紋のゆらめき」）

わたしたちの死後の花はわたしたちだ。結ばれたところに裂ける小さな花の姿だった。「二つの影」が残すところの「生誕」のヴィジョンだった——。

嬰児の泣き声の下にいた

耳はその沈黙の下にいた

（……）

生まれようとして
そのものを叫ばせるために
いまは熱い息だけになって動いている

（「同」）

沈黙の下、「生まれようとするもの」と「そのもの」と「嬰児の泣き声の下の耳」は厳密に分かたれているものだ。「わたし」は下敷きのように、（嬰児からの）古い記憶を生きた「耳」として詩の底に位置する。「生まれようとするもの」が生まれ「そのもの」となるよう、「耳」から変貌した「熱い息」が介添えをする。生まれようとする者、生まれそのもの（＝叫び）、生まれていた者という、三者の関係は極まり、まさに人の涯てで生まれることを了解する。突き詰められた「あなた」の姿——、すなわち生誕を叫びたいものは叫ばれるために、生まれる前に助け合う。

ほとんど何も言えず、ほとんど何も分からず、しかしそこを根拠として生命の脈に打たれ続ける者は、生誕の関係そのものに入っていく。その、関係の昂騰においてわたしたちは、耐えられた最も後背なる幸福のうちに、「あなた」と「わたし」の関係史をついに跨ぐ。

灰の命——齋藤恵美子詩集『空閑風景』

心理としての首都に育った著者が都市に落胆を深めながら、あるはずの生地の所在を求めて文明の残骸の上を歩き、そのため息のぬかるみに足を取られて喘ぎ、無時間の灰にまみれて記憶の底辺へと急ぎ、やがて旅立つ鳥の行方や満ちる月の光、さらには血縁の声によって自身が賦活される彷徨の軌跡を記した詩集、ではない。そうではなく、この詩集は大切な死者に触れることが叶うのならば、その死者の輪郭を浮かび上がらせるための背景として、この目に見えるものすべてを灰色に染め上げてもいいという、屈強な、情熱の記録ではないのか。

埋め立て埠頭や産業道路といった東京湾岸の無機質さや、記憶で少しだけ湿った私鉄や郊外の地名を叙景の手がかりとする詩篇はまず潰えている。そこでの光景や喚起される記憶は、それがいくら個人史においてかけがえのないものであっても、都市空間のパロディーを延々繰り返すための構成要素以上ではない。つまり、「地方」からの行方のない情念とその活動が「都会」にひっくるめて「野積み」にされているだけだ。詩篇はそう書いているように思うし、そう捉えざるを得なかった個人史がある。

大切な死者がいる。その所在を探り当てるため、見えるものは、この詩集のキーワードといってもいい「灰」の光景へといったん仮死させられる。著者は「錯乱の形で藪を、漕ぎわたる」(「廃川」)姿となり、やがて植物のつるのような指先で、死の中に何かを探り当てようとする。この過程において、雪のように積もった灰の言葉の上に、やわらかな足跡が一本確かに、こういってよければ美しく付いてゆくのだ。

それにしても詩集の終盤、「ようやく、灰に、辿り着いた」との一行から始まる詩篇「鎮灰」に辿り着くには、どれほどの時間が経ったのだろう。灰に辿り着いたといってしまえるには、めくるめく無時間のなかで、何を引き換えにしたのだろう。そう思いめぐらせるうち、読者のみならず、著者にとってもはるか遠い場所に来ていることに気づかされる。見えるものを灰に帰した後にさえ、灰を鎮めるという仕事が――、もう一度振りかぶるような生の出発があるのだと。

都市に野積みにされた人口。そのやたらな数位を分母としない、一分の一の大切な死者がいる。「手紙には、二人で撮った、川の写真が挟んであって、君は、そこに、光ではない、別の流れを見たのだと思う。」(「コンケラー・レイド」)とかつての別離を確かめても、「生きられないまま、永劫に、増殖してゆく日付の中へ/白い頁へ、ねじ伏せられた、あなたの晩年がいとおしい」(「符牒」)と、どうしても言わざるを得ない思いがあった。

死者の中を歩き、その跡を抜け出た著者はどこへ行くのか。最終篇最終行「もう一度だけ、部屋を出ようと、ひとりの風景に入っていった」（「空閑風景」）。「死の命」に触れた灰の難路の果て、死者の果ての生へ。人はこの時、涙が出るくらいに不敵な笑みであることを信じる。

石を割る石の歌——新井豊美を悼む

存在とは何か。存在の中心には何があるのか。逆に言えば何を置くのか。などといった終わりのない探求に、勇気ある詩人はその一生を捧げてしまう。

新井豊美が、第一詩集『波動』（一九七八年）で「わたしの芯に立つ氷の木」（「輝かしい闇のために」）と寒々と書き記してその詩歴を紐解き、さらには戦後の時空間で「生々とした現象世界に視線を向けることも可能であったかもしれないが、それをしなかった」（『河口まで』あとがき、一九八二年）とまで言い切っていたのはなぜか。それは、「わたし」という存在に渦巻く、もしくは渦を巻いて上がってくる何か、まさに「波動」のようなものに言葉を与える仕事に急いでいたからだ、とはいえないだろうか。

この世に存在していることを、存在していない側から振り返るとき、それは途轍もなく遠く、奇跡的な場所の出来事であると感じられるだろう。存在は、いわば偶然性の呼吸によって生じる空間の形態であるがゆえ、それが存在することに根拠はなく、むしろ根拠のなさから〈なさ〉を差し引いたところで根拠が生じるといった、放り出されてあるものの厳しさを表現し続けているところのものだ。それはまた、かろうじて存在が許される、真空に生じた窪みとでもいうべきイメージの場所だ。

その存在の性質がはっきりと捉えられたのは、『半島を吹く風の歌』（一九八八年）においてだろう。

わたしは追放されてゆく
彼女の中に立つ一本のみにくい焼けぼっくいの場所まで
近づいてゆく
そこ　名づけられぬものらの場所へ

（「半島を吹く風の歌」、以下同）

「そこ」や「その」との指示代名詞が頻出するこの詩集においては、その場所は存在の風ともいうべき何かが吹きすさぶ「名づけられぬものらの場所」であり「世界の果てへ向かいながらごうごうと異語を発」する場所である。そこには「みにくい焼けぼっくい」が残されているだけで、「灰の平和／灰の安息／灰の静寂」と強調されるとおり、乾いて終わったものらの遺物が、羽毛のような軽さで静止している。

しかしながら、「異語」として「うずまく風に、かすかに／アヴェ・マリアの旋律が……」聴こえるという。それから先の「せんさいな感情の梢から／風景の螺旋階段をのぼりつめてゆくミサキの最上階」、いいかえれば「わたし」という存在の切っ先にまで歩を進めると、著者の耳にさらに聴こえるものがある。

そして手の中に残されたひとにぎりの灰
灰の中に蹲っている
野生のものの眼のような
見つめているなつかしい一点の無音

この音なき音「一点の無音」と記された後には、

そこに記憶されている

火炎樹
血の飛沫をあびた百合
爐に投げこまれたタブの枝

との行が続いている。

すなわち、存在の涯てへと押し出される「わたし」が、灰という存在の〈なさ〉を「手の中」に収めたとき、いのちが焼け、血がしぶき、一切が灰となる植物のヴィジョンを「無音」として聴く。存在は生を表現し、再び死を表現するという、「無」の渦巻く場所だ。新井豊美は、この「無」の形象を格別「石」になぞらえていた。


わたしはかつて一つの石を拾い抽斗の中に入れておいたことがあります。子産石という石です。

(……)

わたしは石に似た死児を分娩したことがあります。石は体内にあっても育たぬもののようです。ははとその血族らの土地で、ははとわたしはあの敗戦の前後の数年をすごしました。石はそこの浜辺で拾ったものです。

(……)

石が石を産む、それは苦しみでしょうか。それとも法悦でしょうか。

いいえ、むしろ罪悪のような気がします。


(「子産石」、『河口まで』)

幼少期のまなざしにおいて、すでに捉えられている石とは何だろうか。石は「わたし」の体の中に前もって存在しているものであって、石はそののち「わたし」を通じて死んだという。そして「石が石を産む」とあるとおり、「わたし」もまた石の者である。石ばかりだ。強いられたままの石の沈黙が、「わたし」という存在をめぐっている。

橋の上で
石を投げた

木の橋
糸の橋
いくつ渡ったか

渡るごとに
石を捨てた

（「彼岸行」、『同』）

「わたし」そのものであるような石の存在と決別するため、何度も石を捨ててきた。しかし、執着の対象は無化できない。捨てられたものは捨てられたまま、厳然と存在しているのだ。それゆえ、著者は石を粉砕しようとする。

その激しいヴィジョンの詩集が『いすろまにあ』（一九八四年）である。なかでも「水分について」は特に象徴的だ。水分が蒸発し、みるみると乾燥してゆく植物や家屋、人の体をクローズアップして描く筆の高揚が、蒸発や乾燥という現象自体の抽象化を記すという、禍々しいものでさえある。しかも、石が石化したプロセスを遡るという執拗な手続きを踏んでいることで、石の存在は時間の幅においても粉砕されている。

　こうしてすべてが石化し終わったあと　石そのものも激しく涸き　太い亀裂が走って粉々に
　割れる。ついにものは水の呪縛から解放されたのだ。もういちど雨期が訪れるまで。

さて、『半島を吹く風の歌』を挟んで第六詩集に当たる『夜のくだもの』（一九九二年）は、打って変わって空間的な広さを感じさせる詩集である。「GENOVA」との詩篇が見られるとおり、地中海のような明るい土地のイメージが詩集を包んでいる。ほとんど「石」のものであった「わたし」は、この詩集では産まれた子どもを清める者、こう言ってよければ聖性を帯びた者としてあり、詩篇「三月」においては「もっと夢を！／暁方にはみどりの雨が階段の手摺をぬらす／穹窿からまっしぐらに落ちて／石女の暗い水晶のこころを満たす」（傍点——引用者）と言ってしまうくらい昂じ、また視野が湿潤している。この明るさについてはもっと引用されていい。

一滴、一滴
天空の水が中心に注がれた　（「夜の手」）

でもなにも見えなかった
ただ　ふくらんでゆく闇が
　すこしずつ
　すこ　しずつ
（濃く感じる月の青い滴にぬれていて）　（「月の小玉」）

詩集の明るさはさらに、「半島を吹く風の歌」にあって死を象徴していた「灰」のイメージを、

生きるために形式を整理すること　死者は整理された　すばやく　最後に火の始末が必要だった　残されたものは灰化した文字　灰化した言葉　灰化した身体　誰のためでもなくわたくしたち自身のよみがえりのために
（「星降る土地」、傍点――引用者）

というふうに、命を孕んだものへと翻すのみならず、「石」の存在の周辺に「庭」という空間的

な有余さえ与えている。

「存在する不在」として
庭の真ん中にある空白
目印の石を置き

ものいわぬ木と
歌う鳥と

（「庭」）

振り返れば、「半島を吹く風の歌」において「わたし」という存在の中心点として示されていた「そこ」は、灰燼に帰した遺物の置かれる場所であったものの、確かに「名づけられぬものらの場所」であり生命の「記録」の場所だとされていた。「石」の存在は、『夜のくだもの』に至って、もはやネガティブな沈黙の形象のものではない。不在の空間における「よみがえり」の「目印」、すなわち「くだもの」という生命の種子としての形象である。

しかし、著者最後の詩集『草花丘陵』（二〇〇七年）においては、石なるものは再び粉砕されるべき存在だと捉えられる。

空虚は（石）を内側に飼いたがる
（石）はなおも成長しつづけている
（……）
（石）がぐんぐん膨張している
（石）のまわりには茜雲がひとすじたなびいている
（……）
無意識とはおそろしいものだ
（石）は西陽の中に浮いたまま落下してゆかない
宙吊りの（石）を着地させる場所がない
　ゆくためには（石）を破裂させるしかない
（「鬼子母神前を過ぎて」）

巨石へと成長して漂っているという、石であることの範囲を超えたこの存在は、石とも名指せぬカッコで括られた驚異的な「(石)」である。しかしながら同時に、この強迫的なヴィジョンをくぐり抜ける身体性に至ったのが、まさにこの『草花丘陵』という詩集ではないか。同題詩篇、

　とある日の多摩川で
下着のような自我を濯ぐのだ

（……）
まっさらの巻紙に原初のヒトのように足跡を
ひたひたと印してゆく草花丘陵
（……）
地名に結ぶ草の穂をわけて秋から冬へ
孤独な歩行が通り過ぎる春から夏へと
女神の囀りが聞こえてくる
口ずさむ石の歌も聞こえてくる

石のように固い自我が、川の水でさらさらと洗われている。生まれたばかりの土地に、生まれたばかりの人が歩いている。それを祝福するかのような女神の歌が響き、洗われた石の歌を、著者ではない誰かが軽やかに口ずさんでいる。それを著者が聞いている。これ以上にない、美しい歌の光景だ。

『いすろまにあ』の「水分について」においては、石化の時間は「もういちど雨期が訪れるまで」に限定されるもの、つまり石化の後の時間が暗に示されていた。それは、この『草花丘陵』における「川」だけでなく、『夜のくだもの』以降の詩集の特徴である、潤いや潤みといったイメージが訪れることの予期だったのだろうか。

しかし問わざるを得ない。かつての石と、この石との間の急激な落差はいったい何なのだろう。急いで、詩篇最後の行を引く。

子ども連れでにぎわう
秋川のほとり
灰色の
公衆便所
割れた鏡の前に呆然と
影の男が立って
いる

ほんとうに割るべき対象としていつしか見据えられていたのは、この「影の男」の鏡像ではないか。逆に言えば、この鏡像の者がどこかの時点で、図らずも彼女の詩想の位置に極端な動揺を与えたのではないか。

石となった自我が指さす、寒々とした存在の〈なさ〉の場所。指示代名詞でかろうじて名指し得る場所。その場所を、詩集の展開とともに誕生の空間として示し得たとき、この「男」はひび割れた鏡の前で、自分を見ることができないでいる。彼は誰か。

もしかすると、著者はこの呆然とする男に対し、自身の鏡像ではなく「わたし」を見ろと訴えているのかもしれぬ。少なくとも、植物的かつ原初的なイメージをまとうこの詩篇は、存在の切っ先に置かれた別の石の者へと向けられている。新井豊美は最後の詩集を、そう締め括っている。石は、過ぎゆく季節とともに潤み、「石の歌」を口ずさめと強く促すように。この時、彼女の存在への探求は、取り残されてある者へ手を差し伸べようとする姿において、表現されていたのではないのだろうか。

第Ⅳ章

驢馬の声

四国のふところもふところ、大野ヶ原というところは高知との県境にある愛媛・旧野村町の開拓地であって、所々に石灰岩が剝き出しとなっている広大な放牧地である。遠く、酪農の牛が自由に草を食んでいる。

私は七月の初めに、妻と一泊の旅をした。近くの天狗高原という山の尾根に、むかしでいうところの国民宿舎があり、非常な静けさに身を浸すことができる。そこに一泊したのである。

翌朝、その日は視界が失せるほどに霧が立ち込めていた。宿から妻の車を走らせ大野ヶ原へと向かった。となりの山に向かうので、一度下りるのである。そのいったん、下りたところが峠となっていて、左に折れれば梼原へ、右に折れれば柳谷へと向かう。

カーブを曲がると、牛が突然覗いて、目が合ったりする。とくにホルスタイン種は、古い町の爺の目をしている。年寄りの据わった目つきなのだ。日曜にもかかわらず、という言い方が当たっているのかわからないが、一服できるところが見当たらない。しかし、事前に調べておいた喫茶二カ所のうち、一つが開いていたのだから、私たちは非常に喜んだ。

搾りたての牛乳が飲みたい、という気軽な理由で車をつけたところ、となりに小さな牧場がある。白い山羊が覗いているので、おのずと入った。子山羊も含めて六頭ほど、ひたすら草を食んでいる。私は噛まれやしないかと心配し、触れるか触れないかというところにしゃがみ、山羊の長い睫毛を見ていた。

兎がいる。鹿がいる。驢馬が一頭あった。牧場のおばさんが、牧舎を掃除している。おばさんの少しだぶついたズボンが、妙に牧舎の雰囲気に合っていて、自分とは別の時間、外の時間というものを感じさせた。

驢馬は柵から首を投げて、餌箱に顔を入れている。人間でいうと、九十にも百にもなるかもしれんねえ、という話。干草を食む歯は、立派な石臼のような音を淡々と辺りに響かせていて、驚いた。大きな顔だ。けれど圧することのない顔だ。妻は驢馬の頬や鼻を撫でていて、驚いた。私は噛まれるかもしれないと思い、せめて近づいているだけで、となりにいるというふうに突っ立っている。

餌箱がほとんど空っぽになり、驢馬は少し歩いてみるというふうで横を向いた。肩が広く、撫でてみた。噛まれないかと思いながら、驢馬は根気よく、撫でてほしいのか、とりあえず見守っているのかわからないふうでもあった。撫でるのをやめると、今度はゆっくり向きを変え右側の肩を見せた。その肩の広さがきれいなので、噛まれやしないかと思いながら手を伸ばし、ゆっくりとさすった。さすっているとも知れず、私はさすっていた。次第に手が土気を帯び、驢馬の肩から手を放した。驢馬は雄であった。

牧舎を離れてゆくと、突然、驢馬が啼いた。振り返ると、顔を大きく上げ、首を左右に振っている。高い甘えた声。何度も振り返っては、驢馬の目を見つめた。とはいえ、それも短い時間だ。妻と私は、牧場から出てとなりの店へと歩いた。牛乳とチーズケーキを食べ、ずいぶんおいしかった。

その日の晩、東京に戻り、ふと驢馬を思い出した。そして騒然と悔み始めた。どうして、戻って肩をもう一度、さすらなかったのか。人間でいうところの九十、百歳が懸命に体を揺らし、甘えた声を上げていた。なぜ、それに応えなかったのだろう。一度引き返せば、互いによく諦めもついたかもしれない。九十、百歳の者が思わず上げた声、呼び止める声に止まらない感性とは何だろう。私は恥じた。

私はさびしかった。さびしい思いで東京を歩いていた。つかの間帰郷し、妻と旅をして楽しかった。だんだん、やってゆけるかもしれない、という感触を覚え始めていた。見晴らしも空気も雨も新鮮な牛乳も自分の糧となっている。小さく光る幸せを集めて、胸底に敷きつめている。私は私ではないものに助けられている。ならば、驢馬の呼び止める声になぜ引き返さなかったのか。私は深く恥じた。ということを妻に話すと、驢馬はどうせ帰るんでしょうと、はじめから分かっているでしょうという。さらに私は恥じた。

暗い時代であるほど、私たちは人一倍、明るくいなければいけない。呼び止める素直な訴え。

引き返す、軽い明るさ。驢馬の声にこころを澄ます。ほんとうに澄ます。（2014・7・9）

見開く

駄文である。百姓が一番えらい、というどうしても逃れることができない感覚が、自身の浮き上がりを問い詰める（オコメヲソマツニシタラメガツブレル。オヒャクショウサン、オヒャクショウサン。モウシワケナイ――）。

書記を積み上げてゆけばゆくほど、自身の体が浮き上がってしまい、百姓が大きな、しっかりとした体の人となって、こちらを射抜く。なんとモダンな苦悩だろう、と笑ってみても解決できやしない。相対化できない価値なのだ。

土をいじるという作業が、どれだけ人を我慢強くさせ、そしていじけさせるか。農というものに反近代的な感傷を添えて、自身の周囲を貶めるほどにはナイーブでもない。しかし、土に向かってクワを振り下ろす体と土との関係において、自身を生み出し、自身を養うものをも生み出すということへの驚き。そして、こちらの浮き上がった体の敗北はごまかすことができない。

クワで土をたたく。人間であることから逃れられない虚しさが、土をひっくり返している。ここから、文字をひっくり返すための書記、虚ろさを認める明るい正気、正気を保つ快活な筆圧のイメージを掠め取っている。

いうまでもないことだが、百姓とはこの世における位置取りのことであって、自由に選び得るほどに易いものではない。ヒビに入り込む水のような、したたかな明るさが自身の存在の壕となる。私はあぶれた。網の目に張りめぐらされた相互監視に沈むことなく、蜂や蛇を追い払い芋虫を潰しながら、身体化できるわずかな範囲に留めて自身を保つこと。私にはその明るさや強さがなかったから、紙に文字を記すという、上滑りの消耗戦に自身を引き込むほかなかったのである。

えらい百姓といっても、金儲けではないか、とか幻想の産物ではないか、とかそういったことではない。酒に苦労した小父や、健やかさが祟り早世した古い母親への忘れ難さが百姓への執着を固めているのでもない。死ぬまで振り下ろすそのクワが石と当たって散らす火花と、詩を書くときの筆圧との比較において百姓が振り向く。百姓の丸背。耐え難い虚ろさを抱える人間の体の弱さを庇うため、百姓は背中を丸く屈めるのだ。

百姓の姿が独りあった。通り過ぎる道のハタに、いつも沈黙がうつむいていた。通り過ぎるとき、視線は下方と前方に分かれ、交わされることのない軸として抽象できた。百姓の姿は、向こうにある点でしかなかった。いつしか、百姓と詩人の姿を無理に重ねて、言葉に追い詰められた自身の言葉が言葉自体を監視するようになり、ついには自身が言葉に押しつぶされそうになっている。点が点であることの明るさが迫って来ている。

もっとも、詩は自己承認のために書かれるものでもない。狂おしいまでのモラーリッシュとねじれるようなはにかみが、しかたなく言葉を口に含んでゆく。その溜め息とともに生きる姿を自身が見返すとき、後光は逆光となり体と言葉を縁取る。この特権的な経験の瞬間、シーンが詩なのだ。

言葉への落胆は、外部への信頼に転化しなければ、単なるエゴイズムである。外部はほとんど壊れているようにも見える。信じるに足らないようにも見える。しかし、ひとつひとつを確かめてゆくことはできる。椅子に坐ったら椅子として信頼すること。便器の前に立ったら、便器として信頼すること。この視線の恢復が、言葉の恢復のきっかけとなるはずだ。

絶対に間違ってはいけない。詩人は特権的な人格ではない。詩的達成を自身の人格の頂点にすり替えるとしたら最悪だ。つまり、詩において持ち越されるものなど何もないのである。

だから、見開いて書く。端切れのような明るい断片。茶碗をすする音のような行変え。いつまでも土を摑んでいる古い切り株の力のように。砂状の日々が秒としてあって、けれどその砂の粒のひとつひとつに喜びを見ることはできる。そのような堂々とした目玉の大きさが、反復とも絶対とも違う、手を認める手を叶えるとしたら。詩の笑い声は聞こえるだろうか。

日々を日々の否定によって積み上げる暮らしは、実感としての弁証法である。私たちはその労力のすべてを、外部での関係の構築に向けて差し出している。関係の栄光を前にして日々、実にささやかに自分が壊れている。このような前段がある。

だから、土に自身の再生を懸けて書く。芽生えた日々に覚える、明日にはもうこの場所に立つことはないかもしれない、という現在への愛おしさは、この身の健やかさの恢復を叶えるか。

（2015・2・21）

一行目、二行目、三行目

生きてきただけの屈折には、それだけの出会いと沈思の時間が係っている。そうして身に染みたのは、自分は人間である、ということだった。それだけのことを知るのに、もう思い出せないほどの屈折を経ている。そしてその道行きには数々の他人の身の上がある。「俺はここにいる、お前はどこだ」。

死んだ人間がいる。無意味だと分かっているが、問わざるを得ない。応答は可能だろうかと。直接的でなくとも、別の応答が。そのような、生きている者にとっての永遠の謎が、こころという巨大な水分の上を漂っている。

「自分は人間である」という一行を書くための手続き、つまり詩を書くということに急いで体を捧げた。一行を書くため、若い心を若くなくなるまで燃やした。その燃焼の「時間」が「詩」

という形式と等価である、と信じた。そう信じることが、人間を信じるということだった。
ついに辿り着いたその一行の前で、僕は自分の唯一の動力である「信じる」ことの内実を問うている。何か大きく間違っていたのだろうか。

死と生は無関係である。死は一方的なさよならだ。それでも、残存の意識と申しわけなさを背中に感じざるを得ない。そう感じつつ一方で、花のような明るさを日々に供えること、つまり事後に広がる血脈や情感について考えている。

これら事後の感情はまばゆき正しさのものだが、それゆえ踏み外せない緊張を始終強いてくるものだ。そして、この緊張の引き受け手は自分以外に絶対にないのだ。だから、正しさの上を辛抱強く綱渡りしてゆくほかない。空回りするような呟きを繰り返す。生きることを信じることは詩だ。生きることが生きることを信じることが詩だ。そう信じることに理由をつけることが間違いなのだ……などと言葉に吸い込まれてゆくように。

「あなたの一行は何ですか。強熱が焚いたあなたの美しい躍動は、どのような一行をあなたに与えましたか。その時間、あなたが書くことは人をどれほど傷つけましたか。人をどれくらいに幸せにしましたか。人はどのようにあなたを過ぎ、あなたは人をどのように過ぎてゆきましたか」。そう、詩を記し始めることは、僕にとって過去の詩に対する敬礼に似た挨拶だ。

花でも獣でもなく、間違いなく人間だという姿にある人間の時間がある。たとえば昼下がり、風が誘うわずかな想念とともに詩を書いている。たとえば夜、無言をトスするように詩を書いている。たとえば深夜、換気扇にほとんど頭を突っ込んで詩を想っている。たとえば未明、子ども大人の区別なく寝て詩の風景を夢見ていること。たとえば朝、夢のなかで書いた詩の一行を急いでメモすること。これらの場面が催すわずかな恥ずかしみにこそ、人間の信が帰ってくる場所がある。僕の人間観の水準はこれ以上でも以下でもない。そして、この人間的な停止の時間は決して無時間ではない。そう確かめて、僕は二行目を書き始める。

「あなたの二行目は何ですか。あなたがようやくたどり着いた一行の次。たわんだ『生きること』を整えつつ、書かれる二行目は何ですか。あなたの生きることと信じることは、そのとき、どんな姿をしていますか」。二行目は一行目の負荷に耐えられるだろうか。

僕はこの行間に泡立つ、こころという膨らみが消えないうちに、三行目を書かなければならない。すべてがゼロ行の夢に帰すとしても、人間というまぶしい錯誤を指の先から放たなければならない。

（2016・12・18）

記念に写真を

カメラを単独者たる試みとして勢い構えることは何度かあったが、どうもなじまないようだ。

風景があまりによそよそしく、かといってそれに開き直ることもできず、何よりド近眼たる自分の目の前に余計なレンズを置くのがうっとうしく、オーバーホールした形見のOLYMPUS OM-1がやむなくホコリを被っている。申しわけなし。

写真を撮るならたとえば、美しい背景に人を立たせればいいし、単独であればハッとする光の展開の前で鼓動のようにシャッターを切ればいいわけだ。しかし、たったそれだけのことが構える者を差し止める。

いつしか、気づかれた風景は穏やかな対象ではなく、銃口の先で光る脅威として現れた。脅威ゆえ、そこで思考が止まる。記憶ではなく場面がぶつ切りにフィルムケースに溜まる。次第に、古くも新しくもない場面のアルバムが積み上がる。カメラのシャッター速度が速度ではなくなるような、時刻を指折れば開かれたままの正午だ。そのような、激しい光の中。

そのような目には、旅が必要だった。見たいものではなく、見るべきものを探していた。見たい見たくないという選択は不可能だったから、せめてもの善悪の判断に歯を喰いしばり、その判断を見回した風景にすぐさま溶かしながら、いくつもの町や半島を通り過ぎた。そこで記念に撮った無人の写真は、すぐに忘れられた。

そういえば、見るべきものといえばしばらく、写真家Gozo Yoshimasuに触発され多重露光を試みていた。ある時、飛行機の窓越しに空を撮って、それに下宿周辺をウロついて撮った画を重ねた。するとひとつ、夕暮れの一直線のアスファルト道が飛行機の窓の向こうへと、抜けるようにジャストした写真ができあがった。それになぜだか、黄色の炎のような、毛のような光が写り込んでいた。われながら嘆息した覚えがあるが、どこかに紛れてしまった。

ところで、乱視に近視の矯正レンズを付けながら、その前でズームアップや絞りだなんだとあれこれしながら、いったい自分は何をやってきたのか。もっと言えば、こんな極東の縁を歩きながらいったい何を見てきたのだろう。

最近、事情があって書棚や押し入れを一気に整理した。やっぱり古いアルバムが出てくる。アルバムの中に、みんながいた写真があった。みんながいた写真とは、二人以上が写った光景のことだ。何度も気づいている。写真を見ることとは、人がそこに「いた」という嘆息のことだと。そう、何度も気づいている。人と人の複雑な条件と偶然がタテヨコ十字に交わって切り取られた焦点があったことを。

書くことと同じく、写真を撮ることは事後瞬間、未来へと差し出される。一方で時間に浸され一枚の何でもない紙に近づいてゆく。だから、過ぎ去ったものに捉えるべきすべてがある。写真、少なくとも記念写真に役割があるとすればひとつ、あなたはひとりではないということを証明することだ。私たちは、あなたの目の前に、もしくはとなりにいたと告げながら、写真を見返してゆく。アルバムを閉じれば、まるで夢のなかに夢を見残してゆくかのようだ。

夜、いろいろなことがあったと振り返る暗闇の中、記念写真という言葉を噛みしめながら、写真は記念写真であってほしいと願う。写真というものがそういうものであってほしいとも思う。

まるで、化粧のような美しい光が写真そのものであるような、失われるものへの哀惜で濡れた色とりどりの記念の光。矩形はそういうふうに浮かび上がっている。

きっと、極東の縁を歩きながら、美しい人の姿を探していた。このようなところに辿り着いた人の、過ぎ去ってゆく美しい姿を探していた。

古い、忘れられない写真がある。高校生の頃、家屋の解体現場でアルバイトをしたとき、廃材の合間にごっそりと家族写真が埋まっていた。ほこりが舞わないよう水を足るほどかけた後だったが、それほど汚れておらず、現場の向こうに除けておいた。その後、家人がどうしたかは知らない。そもそも、いらなかったのだと思う。土地は家を新築したのか、それとも誰かに売ったのかも知らない。そのように写真は忘れ去られる。写真の、美しい姿だった。

（2017・1・5）

歌う力

田舎の山かげの人影もない町道などを歩いていると、歌う力にあふれている。

ずっと行きながら目の端を土気色の光がかすめて、イノシシだろうかと振り向くと、ススキの穂が揺れているだけだったりする。鳥の鳴き声もワンフレーズではないことに気づき、その展開に耳を澄ませているとぱっと飛び立ち、途切れてしまったように思えるここまでが、ひとつの歌であった、と観客のように感心する。

そうして、きっと人は古くに、植物の揺れるすがたや動物の想いを真似て歌い始めたのだろうと考え、謙虚になった。ふと風が吹き過ぎれば、遠くからの浪曲に聴こえ、ここに募る想いというものの原点があったか、と頷きながら山道へと流れるように歩いて行く。

歌うとは何だろうか。たとえば定型詩の佇まいは清涼で清潔なものだが、削がれ整えられた歌というのは、まさに終わった後のものだ。私たちが歌い終えるのはやむを得ぬ不意によるか、もしくは充分に歌って得心がいったという頃だから、その意味で型があるというのは歌う力の運動からすれば、不自然であるというか辛いものなのではないだろうか。

何かの物音に耳を澄ませていると、歌うことは、聴いてほしいという想いそのものなのではないかと思われる。歌の長短は結果で、その想いが韻律となっているように聴こえる。

韻律とは、こころの重みの展開だろうか。つまり、想いを込めた拍がきっかけとなって、もっと聴いてほしいという想いがさらに波打つ。真空に何かが通ってゆくように、想いが伸びる。そして、この歌をずっと聴いてほしいという者と、ずっと聴いていたいという者がまるで永遠の気持ちで寄り添う。歌という、それほどに美しく悪魔的なものがこの世には潜んでいるのだと、わずかなぶらつきの時間にさえ教えられる。

意気込んで、筒状の山道へと入ってゆく。草の背丈が比較的低いというだけの視野に誘われ、わずかな人の吐息の名残を追ってゆく。人は、稀薄な別の人の姿を身ひとつでトレースし、少しずつ確かなものとしてゆくのだ。道というものは遠く、人はどこまで行ったのだろう。

歩行の気配のインターバル。つまり路上に残る足跡の濃淡が、それぞれの道の遠さに比例している。道の向こうから流れてくるわずかな誘惑の香り、いいかえれば道の「誘う力」のようなものが、正確な距離を示している。そのような道を人が伝うとき、次第にこころを解かれ、泣き出しそうになる。

道を歩く。一足の摩擦が道に明かりを灯してゆく。そのままこの世の律動と跳躍となって、要らない記憶を捨ててゆく。その確信犯的な没入の過誤が、道を歌う。誰も追いかけて来るなと歌っている。


（2017・1・8）

明るいほうへ

引っ越して朝、走ることが日課となった。近くの牛舎から流れてくる、気ままな鳴き声が切れ切れのＢＧＭで、直線の農道に駆け入り顔を上げて、しばらく無心を確かめながら、足どりは次第に水辺へと向かう。

いつしか、「明るいほうへ」と呟きながら走っている。深く押し込められた心が死んでしまうのと同じで、私たちは光がなければ生きてゆけない。ただ生きているだけで悲しくさびしいものである人生を生き切るために日々、力を込めて再生しなければならないから、悲しい顔と入れ替わるように見せる人の笑顔が僕は好きだ。

明るさのほうへ、どんな状況にあっても明るいほうへ、どんな暗い道を歩いていても、明るさの兆しのほうへと歩き、明るさの兆しを見出す。明るいほうへと曲がるために書くのだ、と踏張ってさらに顔を上げれば、死者を引き笑いで死なすような書きものを書きたい、と意気込んで勇気が湧く。

苦しむように人生が引かれているなら、この明るさを手渡すリレーのバトン、つまり高揚した信頼がそのつど人を生かすのだろうし、むしろこの信頼や「明るいほう」の兆しを摑まえる力、また、「ほうへ」という方向性の伝言の目論みにおいて、未来の人は現れる。そして、未来へと走ることとの終わりの風景が分かっていて、それでも走り手渡すこと。つまり、走り終わった人に見せるために、僕は走っているのだ。

朝のラン（この響きが好きだ）。風が表現する草木の震えや雲の絶え間ない変形、この地方を包み込む気圧などを確かめながら、池の畔を何周も回る。陽の光というより、別の何か、神々しさでもなくて、何か走り去ったものの名残であるような、水の煌めきや葉の先端に輝く現在時の結晶に目を奪われながら、水辺には次第に螺旋形の足取りが渦巻いてゆく。

他者を呼び入れる時間はきっと、こんな辛い明るさのなかだ。何かが寄せてきていて、書かれることを待っている。畔を走りながら、僕は無数の詩の糸口に触れていることを確信する。見えているものではなく、過ぎ去ってしまったもの。こちらのほうへ帰ってこようとしながらも帰る術を持たない、何か涯てにある無念が、自分の視野に託されていると思う。涯てであるものは、その訴えとしての煌めきを終えることがない。

詩は、過去に差し止められ、しかも古びつつあるものを救い出すもののことだろうか。きみは、いったん終えられたものの訴えのなかを、詩の未来として走っている。

（2017・2・13）

手紙

もう書くことがない。もう何も書きたくない。ただ暮らしていきたいと思っても、書きたいという気持ちの滓がこびりついてとれない。手紙なら書けるかもしれないと思い直して、宛先がないとうつむく。

何に向かって書くというのだろう。生きている者にはせめてもの微笑をおくるだけ。そうだとしたら、死者に向かって書けばよいのだろうか。死という宛先のなさに向かって書くことになるのだろうか。しかし、死んだ者はただ死んだ者として想像を拒むから、死をめぐる言葉のお手玉も、ほんとうの死を経験するまでの時限の処方だ。

小さな溜め息につられて窓の外を見れば、手ぬぐいが風に揺れている。この風が吹くという場面は、詩的な糸口として現れているのでは、もはやない。ただ、厳密に風そのものとして現れている。そして、この風とこの身の間を媒介するものがない。つまり無関係であると感じられるとき、この意識のありさまは棒に似ている。

はたして、こんな棒のようなものが、何かを書くことができるのだろうか。ただ突っ立って、この世の何かの目印のような役割なら、せめてできるだろうか、などと独りごち視線が折れる。いや、人の眼のないわずかな頃合いに少し手を伸ばして窓を開け、決して明らかにしてはいけない胸のうちに、少しだけ風を通して生きてゆきたい。そう呟く。

窓を開ければ、天気雨で地面が夢のように煌めいている。この煌めきを頼って生きてゆくことはできるだろうか、とか、時が経ちもうほとんど溜め息に似ている、誰かの詩句のいくつかを言葉の手すりにして、歩いてゆくのはどうだろうか、などと思いをめぐらせる。きっと、やむにやまれぬことだけを記してゆけばいいし、時折、その言葉を手放して身軽になればいい。そうすれば風がきっと、棒のような人生の背中を押してくれる？

ふっと前に進む。そのような飛躍があるだろうか。その弾みを仮に詩と名づけて、意識の自滅への誘惑を背後に捨てて、生き残るのはどうだろうか。いつからか、この棒にこびりついている、怒声や見てはならないもののしぶきをきれいに洗い流したい。窓からの遠い空に目を遣りながら、そう思う。

私たちが生きてきたばかりに、分かち合うことなどできない苦しみが溢れている。苦しみについて考え、そのまま沈黙している者を目の当たりにしている。嬉しいとか悲しいとかいう、身を委ねていいはずの表現を無理にへし折り、何か分かり合えないことを伝えようとして、トゲのような文の結束に苦労し自分を苦しめて、そのまま消えてしまった心のことを思い出している。そして、人のことを守りたいがゆえ、自分を大切にできなかった体のこと。ああ、考えのない者はこれを自閉だの、無だのと指をさして笑うのだ。この苦境こそは、絶対に書くことによって庇われなければならない。

しかし、生きることをなぜまっすぐに許すことができなかったのか。生まれてくる者には必ず、他の者の手が差し伸べられているが、この手に何かしら間違いのようなものがあったのだろうか。人の体にまとわりついている数々の古い手の跡。

もしかすると、この身の悶えはたとえば、「その手の手」がこの世に立たせた結果、であるのだろうか。そうであるならば、触れた手のほうは、新しい命によっていくらか美しくなり、触れられた新しい者の体はいくらか汚れ、へし折れたのだろう。この接触の過去が、人をいつまでも、この世の上に苦しげにたゆたわせている。そして、私たちの体は過去の脅威だけを引き受け、青天井にねじれてゆく。

「書くこと」はやはり、動かしがたい「条件」が裏打ちしていることにおいて、自己破壊的なものだ。やむにやまれぬものの表現であるそれは、引き出されたカタルシスの絶対量に匹敵する苦の意識として現れ、この身の存廃を問うだろう。「書くこと」の宛先はそのとき、この身を突き抜けて、どうしても他なる者へと手を伸ばさざるを得ないはずだ。

（２０１７・３・28）

トーキョー、トーキョー

詩を書き始めるなんて、どうせロクでもない理由だったんだろう。炭火のような眼をして、きみは小さな部屋に滞っていたんだろう。きみと他者との非対称が笑える。そう自嘲しながら、きみはトーキョーへと旅立ったのだ。

そのきみであるところの僕はすでに、田舎へと引っ込んでいる。十代の最後にジョーキョーし、トシンに数えてみると十一年ほど住んでいた。トーキョーの人波は、人間同士の無関係さを過剰に演出し、と同時に、人波の過剰な笑い声と蒼白な顔面の三六五日が、ニホンでの逃げ場のなさを身体的に示していた。きっと、ジョーキョーしたまま帰れない理由があるのだろう。それぞれの故郷を忘れるための壮大な夢の手続きがこんがらがって、これこそが現実である、また未来もずっとこのままで、と無理に言い聞かせているような街。それでも僕は、トーキョーが好きだった。とりわけ好きだったのは、トーキョーという言葉の響きだったのだと、ジョーキョーを振り返っている僕は、いまでもそっと呟けば胸が熱くなる。

トーキョーを引き揚げる段には、ほうほうの体で夜行に乗った。東京、品川、横浜、小田原と光る駅のホーム、そして溢れる人たちを少し羨ましいような、憐れむような流し目で見送りながら、有責の源流に遡ってゆく小さな魚となっていた。帰る義理はない。しかし、帰らなければならない何かがある。それは、概念として規定すればまったく身動きがとれなくなるに違いないもの。それから逃れていることが有責の論理を導いているのだ。

積極的にせよ消極的にせよ、田舎から弾かれた人間の集合場所が「都市」であるわけがないことは少し、考えてみれば分かることだった。その場所はさしずめ、ニュー田舎だったのだろう。単なる場所の差し替えでは、精神の成熟、すなわち個人を個人として尊重し、またあらゆる人間が対等に発言すべきであるという自尊とコンパッションをさっそうとまとっている、という清々しい都市精神の広がりはきっと叶うべくもないのだ。

僕はトーキョーに少し怯え、やや恨みがましく歩いていた。よそ者がよくやる、ポケットに片手を突っ込んだ強引な早歩き、まるで赤色灯を焚いたパトカーのように余裕をなくして、そこのけそこのけとやっているアレだ。そんなことをやりながら、言葉を探していた。詩を書いていた。僕はトーキョーが好きだった。

ニホンにおける逃げ場のなさの原点である、故郷という心理的な窪地へするすると身を滑らせた僕は、激しく夢見たジョーキョーの頃を思い出そうとしている。いや、それは夢だったのだろうか。日々の些細な言葉のやり取りが死活問題となっていて、言葉にひどく敏感になっているという粗末な現実だったのではないか。この敏感な者は、神経の逼迫とその逼迫がもたらす余裕のなさによって心が麻痺し、言葉と一部の感覚だけが直結した大動脈として脈打っているところの人間だ。こんな人間の書くものが、美しい結晶のような詩篇であってたまるものか。

のた打ち回って、ばたんばたんとそこかしこに激突している姿は、人に指をさされるというよりも、自らの指によって指さし笑い、その指さすままにまっすぐ自らに追放を命じ、またそのことに誇りを感じている者の足取りだ。何が悪い。この体の運びを一篇の詩として庇うことに誇りを感じなければ、誰が詩と世界を天秤にかけるといった難路に踏み出したりするものか。

しかし、僕はいまではほとんど倒れている者だ。薄ら笑いを見せる鈍感さが、故郷との和解を果たすために必要なタフネスだと言い聞かせている。倒れた者はそのまま倒れていろ、と命じることが成熟であると、わざと勘違いしようとしている。

足音がする。向こうのほうからやって来る者がある。ペンを捨て日々に籠城しようとする僕のほうに来る者がある。仰向けに寝転ぶ僕は空を見ている。来る者は僕の頭上で立ち止まり見下している。

故郷で倒れている者を故郷ではないところからやってきた者が跨ごうとするとき、現在と未来が苛烈に交わっている。僕には故郷に引き返すという、人生のヘアピンのような切り返しの角度と深度があった。その遠心力が消えないうちに、はるばるその先へその先へと、すなわちドンづまりの故郷を突き抜けさせるべく、担ぎ上げようとする者は誰か。僕はその後をついてゆく。

こんな、夢の物語は自分だけのものとして胸の深くに仕舞っておく。僕が考えなければならないのは、個人的な物語を取るに足らぬものとし、廃棄を促す時代意識の出どころだ。いや、時代意識などという高尚なものではないだろう。物語への抽象化の手続きが、分かりやすい話し言葉への変換であると錯誤されている。

物語とは元来、他人の胸を貫く言葉の束だ。ある物語を知ることは、物語自体を宥めることに一生を費やさなければならなくなるような、破滅的な囚われを人にもたらす。一文一文が心を深くピン留めし、その物語を生きることに止まらず、その後の展開さえ彼、彼女の身の上に要求する。

笑って泣いて今日、忘れるような物語の抑圧がいつも人の胸の奥を押しつぶしている。人は、他人とは本質的に係われないのだと話し合っている。他人に話せる程度に希釈された、溜め息と等価の物語が僕の故郷を覆っている。そのうち、抱え込まれた私的な物語は胸のうちで腐食し、その物語の水準が深刻であればあるほど物語る手段を失くすだろう。

僕は帰ってきた。トーキョーを故郷に変えて。だから、私的なる物語を笑い、無理にさえ笑わせようとする抑圧の傾向に加担して華やぎ、はるか後方で筆を執る不逞の者はきっと、この辺りの者ではない。

（２０１７・３・30）

薄い水色

もう勤め人でもなくなったので平日、少し車を走らせて、山際の追分にある喫茶店に入った。午後四時に客はおらず、マスターは少し驚いたふうでさえあった。アスファルトの路面が鏡のように光り始める初夏の頃、一台も止まっていない駐車場は夢のように静かだった。

辺りは国道にかかる一番の交通量があるところで、窓越しの視界をトラックの荷台が時折、ぎらぎらと光って遮る。ほどなく出てきたグラスは薄い水色のプラスチックのもので、陽光によく透きとおっている。こんなきれいな光があるなら、俺はいつだって消えていいのだ、というふうに思った。高い、細い氷の音が響いている。

「欲望されたものだけが実現する」。コーヒー、ソーダ、ミックスジュースとメニューの文言に視線を流しながら、僕は誰が言ったのかも忘れた言葉を思い出していた。そして、もはや何を話したって無駄な気がする。誰もいない喫茶店の雰囲気は、かろうじて自分を許しているように思われた。飲み物を口に含むということさえ、バランスを大きく傾ける一撃であるように思われた。

依然乾いた六月の風が道の向こうで、雑巾のように寝ている犬の上を吹いている。この世をすぐさま覆されるべきものとして見据える、幾人かの者の笑顔を思い浮かべた。僕は僕で、生涯を刻む場所は故郷だけで充分であったのに遠く都会に出てしまって、何とかやり過ごすための笑顔のひどさを毎日、鏡で確かめていたのだと、すぐさま、彼らに向けて自己弁護する。

いまとなっては懐かしい、都会の孤独。しかし、この意識の下に生きる身寄りのない者の群れの醸す雰囲気がどれほどの排他性を帯び、また他人に対する残酷さの資質をどれだけ保ってきたか。そして、この者らをおとなしくさせておくためには消費活動の滑らかさが総量として欠かせず、その満足の全体が排他性へと変質……いや、こんな想念はやめだやめだと、薄いグラスの色味に視線を落として、時間から切り取られた美しい笑顔の姿を思い浮かべては、水の中へとゆっくり溶かした。

こんなとき、テーブルの上に何があったかといって、吉増剛造の詩集があった。『「雪の島」あるいは「エミリーの幽霊」』という一九九五年に刊行されたもので、ほとんど記すべきものがない、ということを記した詩集だ。少なくとも、そのときの僕にはそう読めた詩集だ。午後五時の針もとっくに過ぎて、一冊を読み終えつつあったとき、ディキンソンの詩句の引用“The Daisy follows soft the Sun”との一節に差しかかって、思わず“follows soft”と声を出していた。

僕は、世界を覆すべく耐えていた者の笑顔がつくる幻の共同体をイメージし、そこから抜けること、つまり見捨てることを恐れていた。しかし、僕が恐れる、というよりももはや疲れていたのは、すでにそのような共同体からは、自分が時間として完全に抜け落ちているにもかかわらず、その時間の外部で、その共同体の総量と釣り合うような澄んだ笑顔を作っていなければならないことであった。少し考えれば、ひどい抑圧の持続に垣間見える、他人の一瞬一瞬の笑顔の総量と釣り合う「顔」などというものは、この身を滅ぼしてさえもあり得ない。しかし僕は、何もかも過ぎ去っているにもかかわらず、さしてこころも晴れずに詩を書き続けた。その挙句、よりによって故郷という、かつて目にした笑顔の背景からもっとも遠い場所に収まり、こころのボロ風に吹かれて身をかがめている。

そのような体感にある者にとって、"follows"の"o"と"soft"の"o"の連続した音がどれだけこころを軽くしてくれるものか、かつては歯牙にもかけない気づきであった。「きみはきっと、何も覚えていないのだろう。未来においてはきっと、そのほうがよかったのだ」。僕はそう、日付とともにメモした。

夢中で詩集を読んでいた僕は、閉店時間をとっくにやり過ごし、マスターはカウンターで文庫本を読んでいた。はっとして、このような「時」を過ごすことへの配慮が知らされることなく為されていることに、僕は"follows"の精確な意味を読み取らなければならないと思った。

午後五時半。橙色の陽はやや濃さを増し、運転する車はまるで映画のワンシーンのように、駐車場から国道へとスムースに流れた。夏の、幻の水色の雨に降られながら、ギアをがたがたと入れ替え、僕は叶うことなら、視野の定かではない未来のなかへといつまでも、車を走らせていたいと願った。「笑顔でなくていい。笑顔を見返すことさえ忘れなければ」。（２０１７・６・５）

夏の日

故郷に落ち着きしばらく経った初夏の雨の日、部屋に座って、庭木の枝の白さを眺めていた。雨はまっすぐに細く落ち、音がほとんどない。たくさんの出来事を思い出すには明るく、遠くを見つめて思わず外に飛び出すには薄暗い。なぜ帰っているのか、帰るということができるのだろうか。などと考えをめぐらせ、帰っているのではない。この身をもって、ひとつの祖型を形づくるのだ、と思い当たっていた。

この身ひとつの危うさを自覚しながら、とうとうここまで来たのだという、あきらめを雨に添えた。雨は幻となって、座って足を組み替えたりしている僕の肩を撫でながら流れた。白色の視界が、過去を蔽ってゆく。祖先の眠る場所はさほど遠くなく、ほとんど路傍の石となっている傾いた墓石の小ささや、辻に立つ地蔵の薄い表情が、自身の行く末かと思われる。

蛇が庭を過ぎて行った。ゆっくりと進み、茂みのなかに身を隠す最後には、その細い尻尾が時間のか細さを伝えた。見ているものと言えばおおよそ、このような過ぎ行く「風化」の姿であるのだが、さびしいと思う以上に、何か原点を感じさせる、納得せざるを得ないような「そのようなもの」であると思われた。動いているものが過ぎてゆく。そこにあるものが次第に消える。この、動作それ自体に表現されているものが、何かしら原初の状態であるように思われた。

自身の体とて移ろうものだが、その移ろいの時間においてこそ、ポジティブな生を見出すことはできないのだろうか、と考えた。単に生きているだけの体に、青春以上の兇暴な動力を探ることはできないか。人の帰るべき場所は必ず、いまここにある体に探られなければいけないとも思った。そうでなければ、人間は条件に過ぎないものとなる。条件の獲得が生きることであれば、生きることはまったく生きることに値しないのだ。生きることは時間の窪地に許されていることであり、語られるべきこともこの窪みの形状についてである。こう呟いたとき、赤茶けた土地の雰囲気が、その窪みがおまえの墓であり祖型なのだとうそぶいた。

朽ちた作業小屋や棄てられた田の間に、木々が悪意に似て空を突いている。車で傍を通り過ぎながら、木と自分の体との間の距離を目測し、すぐさま、その距離は無限であると心に決める。垂直に立つ木の佇まいは狂気じみている。

引き裂かれた天と地との間に枝を伸ばし、根を張る。屈折の全体が上昇し、そのまま手がかりなく踏ん張っている。僕はそのような姿の人を見たことがある。そのような、時間を耐えている人の姿を見たことがある。それは過去のことで、何もかもが過ぎていった。耐えて笑っているかのような、弓形に反れた人の姿があった。

晴れた日。壊れかけの車を運転して、海へ向かう。薄いガーゼが被さるように、故郷の地上をくまなく鎮めている神の膜を潜りながら、神の裏側に出るべく車を海へと走らせている晴れの日。故郷や異郷などというつまらない言葉を、夏という言葉の上で想像上蒸発させながら、背丈以上に手を伸ばし、太陽を間近に摑んでいる人の姿を土手に認めた。静かだ。遠くには、無人駅と無人駅の間に架かる鉄橋が見える。不思議な緑色の塗装だ。子供の頃、この鉄橋の上を映画のように歩いたことがある。

僕は、誰もいない潮干狩り場の、陽に焼けた砂浜に立っていた。暑さがやり切れず、ぼろぼろの掘っ立て小屋の軒先に腰をかけ、休んだ。ささくれた棒切れが立っていて、そこにビーチサンダルが掛かっている。そして、ビール瓶がさかさまに刺さっている。僕は砂の上で白熱していた。どうして棒切れは立っているのか。倒れた姿がほんとうの姿ではないのか。細さ、勢い、湿り、先端であることの兇暴さ。この姿は海の青みが吐く、深い息と正反対の雰囲気を湛えていた。

遠浅の浜の向こうには、遠く木々に覆われた島が浮かんでいる。とても激しい謝罪のような角度の枝が無数に見える。枝の葉に陽の光が細かく散らされ、何か直視に堪えない膨張がひとつの山として現れていた。その一方で、島の全体は気後れしているようで、在ることの申しわけなさのような、無言の塊となった影を時折、海に投げている。

歯がゆいだけだ。故郷の風景のほとんどである草と木は、どこにいっても燃えさかり乱れている。神も仏もあったものかと毒づきつつ、目的もなく防風林の間を縫って歩く。潮風が蒸している。季節は夏至という頂点を過ぎ、暦の暑さを消化している七月の頃。夏ではなくただ暑いだけという、季節の残存に放り出され歩いていた。

（2017・7・11）

第Ⅴ章

農業日記――二〇一八―二〇一九

3月22日

冷たく振り続いた雨が上がる。今年最後の寒さだろう。これから一気に春めいて草が生え、虫が湧く。生命は湧くものだ。

植物は水と光、有機物や砂岩などの微細な物質、そして微生物の力が合わさり総合的に表現されている。葉を広げたものは表現されたもの。これから葉を広げようとしているものは表現されようとしているもの。引き抜かれても類として待機しているもの。そして、生命の入れ替わりはスピーディーで非常に強力だ。

3月27日

上空を雲雀などが過ぎれば、その声はしばらく遠くへと響く。呼ぶ声。届かず潰える声。縫い合わされた調和の世界を、茅のように切り裂くまっすぐな声。

多声的で交響的な、組織的な声でない声について考えている。独りの声を整えてゆくこと。それぞれのシングルの声を聴き取ること。

3月29日
集落との距離から見て新しくはないだろう田を眺めていると、何代かに亘る人の姿が重なって幻視される。水の低位への流れからすれば、田の一枚一枚は遮るように、薄いダムとして横たわっている。それは、人が立ち入るには自然なものとして整い、繊細に組み合わされている。多くの人が過ぎた。

3月30日
土という、低みそのものは何を伝えようとしているのか。終わりについてだろうか。それとも始まりについてだろうか。土に関わることで想像上、先祖を庇おうとしている。

4月2日
圃場に、猛烈に草が生えている。多くはカヤツリグサで、ところどころにスギナ、オオバコ、イヌノフグリ、さらに湿気を好むツユクサやスベリヒユも。面倒なのはアブラムシのつくカラスノエンドウ。見回せば、花粉のついたスズメノテッポウの黄色い穂が揺れ、見ているだけでぼうっとする。雨が降って雨が上がるたびに春は気温を切り上げ、その階段状の上昇にのって草がぐんぐん伸びている。
十時から草を引く。何も考えなくなる。眩しさ。明るさ。養分を別とすれば、水と陽光によって、膨大な「量」が主張される。植物は植物の表現というより、水と光の表現だ。とすれば、私たちは水と光を食べている。光を食べるというヴィジョン。弾けるような口腔の感覚。

4月3日
朝、他農家の手伝いで国道沿いの畑にくる。出勤途中の車が忙しく途切れない。食べものを作る者と買う者との瞬間的な対比の連続。

4月6日
田植え前の畔の上を歩いていると、目のくりぬかれたコイが横たわっていた。四〇センチほど。さほど古いものではなく、そがれた眼窩が赤く滲んでいた。おそらく鵜かなにかの仕業だろう。重力の為すがまま、抜け殻の態。気温の乱高下は近年珍しくないが、それでも今年は、と言いたくなる冷たい灰色の雨の中。首をすくめ通り過ぎた。

4月8日

切れ端のような暗い雲が急いで陽光を遮る。待ち侘びた心持ちはすぐさま沈む。まだ青いままの穂が揺れる麦畑を歩いていると、不意に風が舞い、麦をその足元から揺らした。一面の麦の穂に視線の手がかりを失い、地面が波打ち始め、ついには地表がめくれてしまうかに思えた。

4月15日
干拓地の田はひとつひとつが大きな畳のようだ。塩くさい水路は濁り気味で水捌けが悪く、人間の手によって方向づけられた河川というものの、最終の姿という感じがする。海本来の、向こうから何かがやってくるという予感がまるでない。風がとてもさびしい。

4月20日
昼の陽射しを避け、木陰に腰かけ一息ついた。戦闘機のような構えで歩いてくる虫がいる。よろめいているので何かと思ったが、アシナガバチ。ゆっくり、まっすぐ向かってくる姿には意志と力が感じられる。こちらから二〇センチほどのところで立ち止まり、立ち上がって両手を大きく振った。そしてこちらから見ておよそ三〇度の角度に引き返し、そのまま去っていった。

4月20日
アスパラガス栽培のためのビニールハウス七棟がほぼ完成する。辞書を引くとアスパラガスには

「sparrow glass」という言い方があるようだ。sparrowと何度か呟いてみる。

4月21日
絶体絶命のような風が吹いている。ふと、もったいぶった夕陽が抜け落ち、山の端が突然青ざめる。一日がようやく落ち着き、草も心なしか頭を垂れ、空気の全体が沈殿し始める。そのような時、ふーっと息をつく風がある。人の輪郭が曖昧になる、時間の失せたわずかな風。

4月29日
追加の排水対策のため、七時過ぎから畑の周囲に溝を切る。堆肥を入れるためにダンプカーを何度も畑に入れたが、タイヤで踏み固められた箇所はスコップではどうにもならない。つるはしを振る。背中に回して振りかぶり、勢いをつけて振り下ろす。何か恨みのような感情が湧く。時折岩に当たり、体のバランスが大きく崩れる。古い労働。一時間半で、膝下の深さを約二メーター掘る。ようやく、圃場の周囲の排水路が繋がった。這いつくばって、水溜まりをほぼ水平の位置から見ている。光が金属のような硬さで反射する。

4月30日
この一年で何度か爪をはぎ、手を切った。人間の肌の弱さ。手袋があれば、思わぬ手先の怪我はほぼない。しかし、手袋をするようになってから、だんだんと手を乱暴に扱うようになったことに気づく。

5月3日
快晴。苗を五棟分植える。一畝三〇メーター、三〇センチ間隔で定植し約九十本。それが二十畝だから、千八百本ほど。八時から十六時まで。親族八人に手伝ってもらう。

5月4日
早朝より、畑周囲の排水路の内側にもう一本、浅めの排水路を掘る。さらに、低地へと抜ける水の足をイメージしながら、縦に何本か切り込む。
今日は風が強く、晴れ。休憩をとろうとふらふらと歩きだすと、用水路につつじの花が流れてゆくのを見た。花というもののかたちが、美しい舟に見える。自分の姿と対極にあるものは美しい。

5月13日
四月以降、三度目のひどい雨。排水の対策が不十分であるため、圃場の低地に水が溜まる。ここ三週間ほど、毎日掘った。圃場全体の傾斜を感覚し、足の裏で高低を測り、スコップで少しずつ皮をめくるように溝を掘ってゆく。ある程度までは耕うん機で下げられるが、最後は手だ。無心で体を動かしていると、機械のエンジン音が祭囃子となって聴こえてくる。妙なことだ。

5月14日
約二十日かけ、灌水用の配管をひとまず完成させた。全長約五〇メーター、本管から各棟へ分岐。資材は主なところで、呼び径五〇ミリ塩ビパイプ（VP＝厚手）十一本、同径接手十一ケ、エルボ二十一ケ、チーズ十四ケ、キャップ十五ケ、二五ミリパイプ（VP）五本、同径エルボ七十八ケ、チーズ二十六ケ、四〇ミリパイプ一本、同径エルボ二ケ。五〇ミリバルブ九ケ、四〇ミリバルブ二ケ、二五ミリバルブ二十八ケ。バルブソケット、バルブ数二倍分。二五×二〇異径継手五十六ケ。その他、五〇ミリ内ネジソケット二ケ、外ネジソケット二ケ、五〇ミリサクションホース四メーター、ホース留め金五ケ。エスロン接着剤は一缶で足りず。シールテープ十ケ。接着に失敗した資材は廃棄せざるを得ず。通水を試したところ、六カ所で水漏れ。

5月17日
昨日でようやく予定分の苗を植え終える。段取りと雑用の間、今回もほぼ親族に植えてもらう。これで都合二十六畝だから、二千三百本程。
配管はしたものの、しぶきが茎にかかると病気を呼ぶとのことで、植えてからしばらくは手で潅水をしなければならない。ハウス内の温度は八時半頃からどんどん上がり四〇度を超えたところでぼんやりしている。丁寧にやると一畝四十五分はかかるから、三棟分だけでも九時間はかかる。畝間には熱い土のほこりが立ち、体が苦しい。しかし水をやらなければならない。この義務感には苗が枯れてしまうことへの不安のほかに、植物が苦しそうにしているのを見ていられない、という感情が確かに嚙んでいる。十六時に区切りをつける。十二畝分。

5月20日

野菜を育てるには、水捌けがよく水持ちがよい圃場が適切という。土の乾きが速く、しかし適度に底水が保たれるという難しい条件。そもそも数メーター離れただけで土壌の条件が異なるのだから、植物の生育にベストな条件を均一に揃えるのは至難だ。

5月21日

麦刈りが終わりつつあるためか、食害虫「アザミウマ」をはじめて見つける。ダニほどの大きさの羽虫。苗について汁を吸われると、葉が縮れて茎の成長が止まってしまう。斑点病も疑わしい。殺虫剤「ダントツ」、殺菌剤「ダコニール」混用で三〇〇リッターの溶液をつくる。高温による薬害を避けるため十七時から散布。合羽と防毒マスク、ゴーグル、長靴。灼熱の体感。ゴーグルが曇り、前が見えない。孤独な仕事。体を酷使することで生き延びようとしている。

5月23日
メモ、日記、詩。一生のうちに残される書記の量は何を示しているのか。これも人間という動物の生態学の検体だろうか。
強い雨のなか、軽トラックのハンドルを台にしてメモをとる。久しく、ここが自分の書斎になった。毎日わずか数分の執筆時間。帽子のつばから雨水が滴り文字が滲む。体全体が冷える。「酷使」に価値を見出すのはなぜか。労働において「私」をすりつぶすこと。「私」の無価値を試すこと。しかし溜め息をつくように記しておかねばならないが、重い疲労のなかでたびたびやってくる「無私」なる状態は極めて退屈であった。ほんとうの疲労において、まだ息づいているものの所在。「私」のこと。

5月26日
草引きのペースが一日五時間になった。苗を傷つけないよう、寝そべって一葉、二葉程度のかわいらしい草を摘み、なるべく根こそぎにする。栄光は生のうちにある。

5月27日
地面にダニによるものとおぼしき小さな網が目立つ。蜘蛛の巣との見分けが難しい。念のため殺ダニ剤「コテツ」を希釈二〇〇リッターで散布。草、ダニ、カビ、苔の間を縫って地面を這う。この位置は終着点でない。しかし始まりでもない。この低みをもってすべての詩の前に批評身体として立ちはだかろう。そして草冠を施してやろう。

5月28日
斑点病が認められる茎葉が毎日一定数見当たる。鋏で切り取り、今日でコンテナ一杯分になった。殺菌剤が効いていないのか。それともただの見落としか。配管の細かい調整と灌水チューブの敷設がすべて終わる。長かった。

5月29日
アザミウマを再び見つけたため、殺虫剤を散布。農薬の系統を変え「スピノエース」を試すことにする。「ダコニール」混用。一五〇リッター。二頭口のノズルで丁寧に掛けたが、所要二時間半。夕方でも三〇度はあるハウス内で合羽を着て動いていると、滝のような発汗と軽い動悸。

5月30日
追加の排水対策として、圃場で一番低い場所に長さ二〇メーター、深さ四〇センチほど穴を掘った。曇り空を見上げれば、灰色の壁に見える。ユンボで掘り起こしたあと、スコップで掻き上げて底が平らになるよう調整する。眼の中まで灰色のようだ。誕生日。

5月31日
今日もとにかく、穴を掘らなくてはならない。病気を招く梅雨時の雨は、植物にとってはスコールよりも厳しい。ずいぶんな空だ。人間の営みはわびしく、温もりがあるとすればそれは常に局所的である。朝陽なるものは信じない。夜に灯る明かりを。ずっと夜の人の世に明かりを。土を掘りながら呟く。

6月1日
株をひとつひとつ眺める。共にあることに生じる思い、つまりコンパッションが最後には勝利するはずだ。飛行機雲さえ見当たらない広い空だ。地を這う者の、空の高みへの憧れ。

6月2日
茎の背丈がいくらか伸びたため、今日から中耕と土揚げを行う。土のなかに自分がいる、という感覚。歩くたび土埃が舞う。汗が乾いて土が落ち、また汗が噴き出て土をまとう。すべて終えるのに四、五日はかかるだろう。

耕しながら、この地面の反対側に別の地面があって、見知らぬ人々の生活が営まれていることはまったく不思議なことだ、と思う。それは希望でもある。

6月4日
気温がましになった夕刻、殺虫剤「プレオフロアブル」を希釈し二〇〇リッター分散布。一週間といわず、殺虫剤もしくは殺菌剤を散布しているが、こんなことをしてよいのかとの漠然とした思い。かといって、無農薬野菜を育てるというのも後ろめたい感じがする。人間を中心とする、近代という思想の罪の抜け穴ではないのかと。罪は総合的な網の目のようなもので、誰ひとり逃れている者はいない。そこに罪の軽重はないだろう。
ともかく、胸を張らなくともよい。仕事とはたいてい、恥知らずなものだ。仕事をしよう。

6月5日
ハウス内の高温のためか、それとも寿命か。死んだ蝶や蛾がところどころに落ちている。衛生面から外に出す必要があるため、虫の死骸に触れる機会が俄然多くなった。芯から脱力している者の体は空気より軽い。

6月6日
自然条件からの解放は、やはり人間にとってひとつの栄光であったと思う。一生をほとんど建物のなかで過ごす人間にとっては、今日の風向きや雨の強弱、また病害虫の動向などはなきに等しい。

雨が未明から降り続いている。心配で畑から離れることができない。雨、晴れ。そしてまた雨となる日々が続く。所与の条件というもののそっけない厳しさを噛みしめる。

6月10日
度重なる出費にいつまで耐えられるかと考えていたが、貯蓄がほぼ底を尽きた。度し難い怒りが湧く。終日苦しむ。早く、この卑屈を微笑に変える努力をしなければならない。

6月12日
会社勤めで味わったのは、他人の優しみとそれと同量の冷酷さであった。他人との不毛な対立から解放された労働のなかでこみ上げてくるのは、強烈な飢えである。暮らしに厳しい困窮があるわけではないが、それでも、ほぼ無私の状態で体を動かしていると、どうしようもない飢えに襲われる。

6月13日

アザミウマの発生が切れず、殺虫剤と脱皮阻害剤「カスケード」、さらに斑点病に備え殺菌剤「ロブラール」をぶちかける。ハワイアンブルーの色をした溶液。暑さで堪らずゴーグルを外していたが、寝る前まで目に刺激あり。

6月14日

今日も虫を殺す。ためらいなく踏みつぶしている。草を見れば根元をすり潰し蹴って歩く。ようやく一人前の「人間」になれたようだ。人間は決して滅びない。さらに下卑たかたちで生き延びるだろう。

6月15日

生育の遅れが目に余り、有機入り液肥を二〇〇倍で株元に手灌水する。反当一〇〇〇リッターを順次。数日前の施肥分が効いたところは茎がさあっと伸びている。追肥が決まると、弾むような喜びがある。

6月18日

朝、大阪で最大震度六弱の地震。人の恐怖に思いがゆかず、揺れるということに即座に胸が熱くなったのはなぜか。毎日土の上を這うため、足の所々が固くなり黒ずんでいることに気づいた。変身している。

6月19日

健やかさの表象として想像される百姓はむしろ、仮死の状態である。百姓は見られる者であってはならない。人を見る者でなければならない。よく見ること。見ることで現れる者を撃つこと。

6月22日

夏至の翌日。二十時前まで草を引いた。見回すと、草木が気配に変わっている。ネガティブな、このわずかな薄明かりの状態が宇宙的な闇である。草木が一本ずつ立っている。そして、一瞥に対して応答がある。風の通りのよさが適度に、気配の濃さを差っ引いている。

6月23日

疲労が溜まってきて意識的に休憩時間をとるようにしている。しかし、休むということが至極難しい。ぼんやりするため、試しに地面に一画ずつ抜いて「言葉」を書いてゆく。言葉という字をひとつ書くたびに言葉が消える。最後は一画、ただの「丶」になった。

6月24日
もはや土に関わらずに生きていた頃が思い出せない。地表面を視界に入れずに、生きるということはどのような体感だったたか。たとえば稲の存在は国体の根幹に関わっているが、国民なるもののほとんどが稲作をしていない、ということはどのようなフィクションを国土に映しているのか。
梅雨入り後、ひたすら草引きの日々。蒸すような湿気でついにキノコが生えてきた。図鑑で調べると、どうやらヒトヨダケというらしい。

7月3日
貴重な梅雨の晴れ間で、陽射しの当たった地面が急速に乾いてゆく。中耕して土揚げした畝の際が所々、ほろほろと崩れている。崩れるという物理に、山の崩落や巨大津波のしぶきと同じ威力が咄嗟に感じられた。スケール上の違いは本質ではない。崩れる、ということ自体が怖ろしいことだ。

7日5日
明日未明に一時間最大三〇ミリ超との予報。午前中、急遽ホームセンターで真砂土を十袋購入し、ハウスの入り口に撒いてカサ上げする。雨の大きな音が響くなか、草を引く。

7月7日

大雨が降り続き圃場全体が冠水。畝間にはなみなみと水が入り、川のようだ。呆然としたが、余計なリン酸を排出する機会と捉えて持ち直し、ハウス奥の畝間を外へと掘り進め水を出した。流れ出る濁水のにおいを嗅ぎながら、何か洗われるような心持ちで体を動かした。

7月8日

俺は愛着の滅ぼし方を考えながら、草を引いている。半日以上、このような不思議な独り言を繰り返す。

7月10日

動植物の存在がもはや、穏やかなものではなくなっている。木の形象は空間のひび割れに見える。行き過ぎる虫のそれぞれは、空間に動く小さな穴だろう。空間のひび割れから出て来る、ひび割れの者。土のわずかなほころびを縫って這い出て来る、ネガティブな影の者。すべての存在の形象。

7月11日

畝の土をカマボコ型に整えてゆく。手や腕は泥と汗にまみれ、水筒のコップに触れることさえ憚られる。コップを小さな板の上に乗せ、そのまま板を口に近づけて水を飲んだ。不思議な感覚。自分の手を直接的に介在させないこの行為は、与えること／与えられることの意味を何か深く理解させた。

7月14日
今日も酷い暑さ。昼前に帰宅し、午前中の作業服を洗う。水を溜めたバケツにアシナガバチが寄ってくる。払わなければ刺すことはない。深い諦めを表現しているかのような、脱力した長い足。

7月18日
岐阜で四〇度を超えたとのこと。当地も極度の暑さで、ハウス内に入って居られず。八時半で作業を断念する。苗が気の毒だ。
すべての命は蒸散する。言葉の切れ端が残る。たとえばそれ自体古い溜め息であるかのような、地名というものを手がかりに人の行方とその全体について考えること。人がいない、という事後がもたらすめまいについて記すこと。地名は隈なく存在し、考えるきっかけを常に与えてくれる。

7月20日
草の蘇生力は驚くべきものだ。除草剤を散布し十日もすれば発芽し、徐々に葉が展開してくる。そして、一雨あれば一週間で叢となる。
自然はその本来の力を隠している。自然における不要な部分を人間が物理的に消去しようとしたとき、つまり自然と人間が敵対したとき、自然は本来の姿を現す。

7月24日
排水性の向上を狙い、真砂土を各畝の上に振る。目の細かい〇―三ミリのものを二トン車一台分、業者に運んでもらう。一輪車で各棟へ運ぶ。二十往復。朝から高い湿度が夕方になっても落ち着かず、高温の夕陽が潰れたように滲んでいる。

7月27日
アスパラガスが次々と萌芽しているが、伸び切る前に折れたり枯れたり、なかには尖端が破裂して潰えているものがある。潅水不足なのか。それとも水の吸い上げで芽が競合しているのか。植物は逐一、何かを表現している。何かを表現していないように見えるときは、そのように表現している。繊細なまなざしが必要だ。

7月29日
畝の表面は乾燥しているが土のなかは過湿である、という場合、水やりが非常に難しい。水をやり過ぎると水が土の中に溜まって抜けなくなり、だからといって控えると表面が固まって地温も上がり、植物が苦しい。

7月30日
循環、共生などという言葉は、何ひとつ農という行為の本質に触れてはいない。思考の過剰と膨張を特徴とする人間なる存在には、この世に居場所などない。そのような者の行為を根本から考えるのが農だ。少なくとも自分にとってはそうだ。

8月1日
人間と自然は必ず対立している。植物をひとつの区域において認識した場合、対立する。つまり私有した場合、対立する。

8月6日
陽射しは具体的な線として見え、真空のような暑さである。ここ三日間は極まっている。ほぼ無風のビニールハウスのなかで、苗は縮こまっているようにさえ見える。なぜ枯れないでいるのか。何か生きるためのコツがあるはずだ。

8月8日

昨日の立秋は暦どおりの分岐点だったようだ。台風の影響もあり、風が吹いている。久しぶりに涼しいと口にした。道の途中に軽トラックが止まっていて、喪服姿の女性が水田の水の具合を見ている。喪服の裾が風になびく。作物とともに生きる生活の姿。

8月14日

地上で最も怖ろしいのは水、カビ、細菌である。かたちが定まらない、もしくは微弱な無数の存在の群。元肥に多量の有機物を使ったため、キノコがとめどなく生える。草の姿は限定的だが、菌類の菌糸は毛細血管のように地下ではびこっているため、引くことができない。生えてきた順番にヒトヨダケ、ホコリタケ、コガネキヌカラカサタケ、オニタケ。白いカサに薄紫色の波紋が描かれているものがあるが、何だろうか。南方熊楠はその背中を熊のように丸めて、いまの自分のように粘菌を観察していたのだろうか。

8月15日

農家は来年再来年のために、生育や施肥、天候に関して日誌を記す。毎夜、眼鏡をかけデスクスタンドに明かりをつける。文字を生業にする者は、このような文字の必要を知らないだろう。

8月16日

落ちた葉や小さな花に青カビが生えている。そういうところはたいてい、枝がしだれて換気が悪い。キノコにさえカビが生える。カビにカビが生えるとはどういうことだろう。ホコリタケの上にホコリタケが生えている。形状だけみれば、抽象芸術である。すると、抽象芸術はリアリズムである。

8月17日

虫がビニールに体当たりし外に出ようとしている。その打音はビニールハウス内のサウンドスケープを形づくるもののひとつである。外に出られなければ死ぬしかない。死んだ虫があちこちに落ちている。不思議なことに、虫にカビは生えない。しばらく、虫の無駄のなさを考える。何か過剰なものにはカビが生える。

8月18日

二日連続で風あり。焦げ茶色の胞子に覆われて、萎びた茎を見つける。茎枯病かそれとも疫病なのか見分けがつかない。しかし今日も空がきれいなので、どうでもよい気になる。とても透き通った線のようなものが、頰に触れる夏の風。

8月19日
茎の気が抜けている。最も生育のよい棟。直近の土壌Phは六・三、EC〇・七と土のバランスは申し分なし。無理に茎を間引いたせいか、折れて枯れた葉の部分に軒並み黒カビが生えている。病気だろうか。昨日見つけた黒カビは別の棟だった。血の気が引く。急きょ殺菌剤を散布する。

8月20日
ウェブで画像検索し、ようやく灰色かび病ではないかとあたりをつける。もしそうであれば、いたるところに気配がある。鋏を介して広がったのか、それとも育苗の段階ですでに感染していたのか。分からない。

8月23日
止まっていた萌芽が次第に復活している様子。人間が薬を飲むのと同じで、こんな猛暑のなか自然治癒を期待するのは酷だ。適宜、殺菌剤の使用が必要である。

8月25日
枝整理を再開する。葉の込み入っている場所は雰囲気の淀みが可視的である。生物の足元は常に、視覚的に涼やかでなければならない。

8月27日
十六夜。虫の防除は卵がかえる満月の前日、前々日が効果的だという。暑さにさまようこの時期の月は巨大な面構えである。生命が誘われ出てくる様子がありありと浮かぶ。

8月30日
テーブル越しに相対し、「詩の様相ってのはもっと複雑なんだ」と訴える吉増剛造の夢を見る。何を伝えたかったのだろう。生もまた、ということだろうか。

8月31日
当地の、V字に開かれた平野は南北を山地に挟まれ、視線は遠くに逃げない。しかし見上げる空は果てしなく、空のありがたさが沁みる。今日も青空。

9月1日
虫は清潔な存在だとつくづく感じる。腐ることがなく、時間が経ってもカビが生えるのを見たことがない。むしろ、別の何かにはらわたを喰われて、さっぱり乾いた骸を軽く残す。

9月2日
灰色かび病の疑い。殺菌剤を散布。株が枯れないで生きている、ということに種を超えた同情が湧く。

9月3日
新参のキノコ、ホネタケ。ちょっとした小枝の硬さ。土中に菌糸を複雑に這わしているため、引っこ抜くときに手応えがあり、心地よい。もうひとつは小さなエノキダケのようなもの。こちらは頭髪に触れるがごときの軟弱さ。地表数センチの世界の、手元の世界の果てしなさ。手元ゆえの絶対的な自由。小さな世界ゆえの、底が抜けるかのようなまなざしの解放。手元の自由だけは守らねばならぬ。

9月4日
台風二一号（当地付近九四五ｈＰａ）が足早に過ぎていった。水、カビ、細菌について考える。蛇にせよ虫にせよ、見えているものは結局それだけのものである。節のない水は掴むことができず、増水した場合どうすることもできない。低いところに流れる、という単純な原理の強力さ。カビや細菌の発生、増殖の爆発力にしても、文字どおり青ざめるほどだ。潜在するものの威力。地表に雰囲気として現れているものの禍々しさ。

9月7日

予期に性急な心だけが日々の動力である。百姓はその人生をきっと、気がかりさのうちに終える。

9月8日

「吉増剛造展」を観るため上京。渋谷を歩いていて、群衆の体が畑のキノコより貧弱に見える。しかし、おしなべて胴長で重心は低め。農作業に向いているなどと勝手に想像する。

9月10日

昨日の大雨でハウス内に浸水。ところどころに水溜まり。圃場全体の土は降雨につれ締まってきていたが、それでも水が浸み入るということはよほどの雨。この三日間で当地の降雨量は二〇〇ミリに迫る。しかし、株にとって不足分の水が補えたのか、萌芽が順調。

9月11日
萌芽の状況、引き続きよい。鮮やかな緑。若葉というものはほんとうに美しい。草を引いていると、イモムシみたいなものが視界に入る。ふと頭上を見渡すとあちこちの葉に一―三センチほどの虫がしがみつき、萌芽した茎の頭を食べている。ヨトウムシという、食害の最たるもの。割り箸で一匹ずつとってバケツに捨てる。二時間かけて数十匹、一畝分を終える。

9月14日
ヨトウムシを箸でつまんでバケツに投げこむのが朝の日課。葉の重なりの奥に潜んでいてうまくとれない時は指でつまむ。目が慣れてくると、幼児のようでかわいらしくもある。触るとふわふわとして健気である。しかし、新しい芽ばかり食べるため、放置すると食害の規模がどれくらいになるか分からない。バケツに水を溜めて溺死させる。

9月16日
久しぶりの夏日。若葉が美しい。地表というゼロ地点から、権力の中心地に身を寄せる表現を討つのだ。ヨトウムシをほぼ駆除。

9月18日
水やりで土が締まり、固くなった畝の表面を草ケズリで掻く。通気性の改善を狙う。根っこが畝間まで伸びてきており、いくらか切ってしまう。しかし切ったほうが刺激になって生育にはいいのだと聞いた。
畝間に坐って作業をしていると、表面のキノコの群生、苔、カビの生えた有機物、昆虫などの蠢きが視覚的に聴こえる。株と株の間に、昼間の商店街というか、街角と言いたくなるような賑わいを感じる。今日、畝十二本分。

9月21日
ヨトウムシが再び発生。灰色かび病に罹った茎も新たに確認。これは隣から隣へとうつるようだ。一方、キノコの発生が一部の種類で弱まっている。暑さが緩んだためか、生命の動態に大きな変化がある。

9月22日
いつものとおり、草とキノコを四時間かけて引く。葉の先を包むようにかかっている蜘蛛の巣が目に入り、周りを見渡すとかなりの量。蜘蛛の巣のなかで赤色のダニが無数に蠢いている。ついにハダニが発生。増殖すると手に負えなくなる。急遽、殺ダニ剤「ダニサラバ」、殺虫剤「フェニックス」、殺菌剤「ロブラール」混用で五〇〇リッター分を散布。一時間半、浴びせるようにかける。

9月27日
補助金の申請が通り、手続きのため市役所にゆく。セルフイメージの調整が難しい。ともかく、利用できるものは最大限、利用すること。しかし利用されないこと。萩原朔太郎『宿命』を久しぶりに読み返す。

9月28日
土壌分析用の土を採取。複数個所で採ってブレンドし、乾かし、ふるいにかける。優に一時間はかかる。
夕方、近くのダム湖畔にゆく。湖畔の縁の待避所に車をとめて本を読む。水しぶきの音に適度な強弱があって、空間が整っている。ドアを開けて風を少し入れる。体や構造物の角度をわずかに調整することで、出先でも書斎空間を作り出すことができる。

9月30日
台風二四号（九五〇ｈＰａ）接近。早朝より強雨。午前中は圃場全体を見回り、水路などの点検作業。昼過ぎからはケタ違いの雨。行き場のない水がより低地を探し、暴れている。ハウス内にもみるみる流れ込み、見守るほかに為すすべなし。冠水すれば雑草が全面的に生えるのみならず、月毎の土壌分析結果を基にした施肥の調整も水泡に帰す。しかし、気苦労がある一定基準を超えるとフェスティバルの感覚になる。しばらく豪雨のなかを濡れて歩く。

10月1日
快晴。水の抜けが予想以上に早い。土の保水量に余裕があったか。流れの悪かった排水路を埋め、より低地を目視して掘り直す。約五〇メーター分。スコップの先に当たる土の硬軟を頼りに、一見分からない水の道を少しずつ探り当てて進む。

10月3日
晴れて湿度が上がる。台風の冠水によって、圃場全体に水分が供給されたようだ。萌芽が順調。マイナスばかりではなかったようだ。

10月9日
アザミウマが発生。殺虫剤「アファーム」を希釈四〇〇〇リッター分。残効が一週間程度と短いが、使用農薬の系統が連続しないための中継ぎ。不思議なにおいがする。

10月10日

人は土に対して垂直に立つ。人以外はおよそ並行の姿勢をとる。もし、人が並行の姿勢をとれば、それだけで人世においては劣勢に置かれる。しかし、自然とはある程度和解する。

10月16日

豊年祭の日。稲刈りの手伝いに行く。住宅地に残る田には、場違いな寒々しさが吹き溜まっている。人の気配が水路を汚し、住宅の影は植物の精力を淡々と奪っている。いわば、人が田の神を追い払っている。しかし、神の不在を補うのもまた人の気配だろう。

10月17日

地面は存在が粉々になった結果の堆積である。生きているものはまだ粉々になっていないもののことだ。

いつの間にか色づき、種をつけた草が風になびいている。秋風には密度がない。この風景は、依然として余っているものたちの、こわばった群れのものだ。

10月18日

様子見していたアザミウマの漸増傾向に歯止めがかからず、ようやく消毒することに。周囲の稲刈りの影響で飛来した分も加わっているはずだ。畝間を歩くと、フケのように服にかかる。「スピノエース」を希釈五〇〇リッター分。十八時前になると、過ぎる車もヘッドライトをつけている。虫というより、暗闇と冷気に散布しているようだ。

10月19日
疲れが溜まり、肩こりと喘息の気。十九時半、祭りの準備を手伝うため近くの神社にゆく。ぼんぼりを門や拝殿の軒先に吊るす。別部落からの若い衆が加勢に来ている。明るい献身の姿には、否定しがたく祖霊の明るさが映し込まれているように感じられた。

10月21日
終日、祭りの手伝い。祭りの期間は、周囲の風景を忌憚なく眺めることできる時間でもある。人同士の視線が緩み、誰しも客人の雰囲気をまとう。

10月24日
先送りにしていた籾殻の引き取りと井手掃除、そして圃場周囲の草刈が昨日今日で終わった。久しぶりに図書館に行く。吉本隆明『詩学叙説』を読み、「四季」派を考える。自然発生的な情緒に対する覚醒的な現実認識を自らに課すとなると、生活上に逃げ場はなくなる。職に自然条件を算入すべき農家にとっては、その認識は苦役に等しい。

10月26日
麦撒きの準備を手伝いに行く。除草剤の散布後に苦土石灰を施用して耕起、という手順。実際に撒くのは十一月上旬だろう。終日、肥料袋を運ぶ。冷気と暖気がせわしなく入れ替わり、陽の光がチカチカと点滅している。
昨日が大潮だったため、釣りの話に。潮が「満ち込む」という言葉をはじめて知った。満潮は出産。干潮は死。危篤時においては、干潮時を過ぎると持ち直すという。

10月30日
時雨というとおり、はっきりとしない天気によって先延ばしにしていた圃場の草対策に取り掛かる。早朝に除草剤を一時間半かけて散布し、管理だけしている小さな田をトラクターで鋤き込む。しかし、種がついた後であとの祭り。来年の春になると、また燃えさかるように草が生えてくるだろう。

11月2日

部分的に斑点病および褐斑病が疑わしいので、殺菌剤「コサイド３０００」を二〇〇〇倍で五〇〇リッター散布。水酸化第二銅が主な成分で有機ＪＡＳ規格に適合しているとのことだが、ほんとうに銅の色で驚く。病気対策の防除作業は、年内はこれで終わり。

11月６日
知り合いの農家から古い動噴を譲ってもらう。別の人が、農家はもらう借りるが原則だといっていたが、確かにすべてを自費で賄っていたら破産するだろう。いつか苦労の表現は優しさでありたいと、しみじみ思う。都会に暮らしていた時はすべてを買っていた。食べ物もすべて買っていた。

11月９日
最低気温が下がり、草の勢いが明らかに弱まってきた。草引きを数日せず。よく見ると、背丈の低い草は成長が止まった時点で成熟し始めている。イネ科だろう。小さい草は小さいなりに種子をつけている。つまり、個体としての可能性が最大限発揮された、成長の限界において子孫を残すのではなく、生命の危機に瀕した時に急いで成熟し、子孫を残そうとするのだ。ということはそもそも、生命がぎりぎりのところで受け継がれる、という生命の原理自体が、生命に危機的な事態を呼び込んでいるのではないか。

11月11日
徳島・海洋町の轟神社の秋祭りを泊まりがけで見に行く。海岸沿いの国道から三〇キロ程度山へと入る。ご神体は滝。「水波女命（みずはのめのみこと）」という。しかし、この名前は後付けだろう。目の前にあるのは、只々捉えどころのない水の脅威だ。
山と平地、そして海上とでは、神の感じられ方が思う以上に異なっている、と思われた。山の中で山を見上げると、覆いかぶさってくるようで、畏れの対象が思わぬ近さで現れる。海は彼方のもの。平地では遠縁のような、つかず離れずの感じだ。

11月13日
冷たい雨が細かく降っている。午前中、草引きに四時間。ビニールハウスの端に小石ほどの沢蟹が縮こまっていた。草引きする手が少し触れると、かじかんだふうで爪を振り上げ、肩をいからした。生きるのだという瞬間的な獰猛さの表現を、甲羅の鮮やかな赤色に見た気がする。

11月20日
一週間をかけ全棟の草を引く。細い毛のようなものだが、それでもバケツ一杯分になった。草引きは、今年はこれで終わり。自然界の複雑に入り組んだ植生において、特定の植生のみ維持するのは非常な負担だ。不自然というより、生き残る難しさというほうが当たる。

11月22日

早朝にかけ冷たい雨。アザミウマの食害に遭った茎が軒並み枯れ込んでいる。食べられた茎、正確には汁を吸われたのだが、次第に縮んで色が抜けていった。弱っているから、早々にカビに負けたのだろう。目に余るものを切り取り、圃場外に出す。運び出される茎。何か、身代わりになったものであるように感じられる。おそらく、生き残るもののために負けている。

11月27日

早朝は寒さが堪える。つごう、一週間ほど手伝いに行った麦撒きが今日で終わり。ジッドの「一粒の麦もし死なずば」を思い出しつつ撒いた。籾を自分の手が落としたゆえ芽が出る。逆にいえば、撒かなければ存在するべくもない。さらに、手元のほとんど偶然のスナップが、一粒の萌芽の可能性と萌芽の場所を決定づけているということ。自分の手によって条件づけられた、その籾の数は莫大なものだ。

11月28日

先週末の初霜を挟んで、圃場に立つイチョウがみるみると鮮やかな黄金色となった。足踏みしていたアスパラガスの黄化も進み始めている様子。黄化に伴って茎葉の養分が根へと下がり、春の萌芽を準備する。

12月1日
秋祭り以降を振り返ると、夏のことが信じられないくらい、生き物の動きが鈍っている。キノコ類は、茶褐色の頼りないものが時雨の具合で生える程度に。昆虫類はまれにトンボを見るくらいで、歩くたびにぴょんぴょん飛び出してきたコオロギはさっぱり見る影もない。生き物は熱ものだ。さびしいことだと思う。

12月9日
里芋の収穫を手伝いに行く。早朝の気温は三度。十二月の陽射しは白く痺れているようだ。次第に膝や腰が冷え、頭痛がする。仕方がないので、体により負荷をかけて体温を上げる。体はどのような条件、状況にあっても生命維持のためにある。

12月13日
除草剤を圃場全体に散布し、同時に草刈り。これでしばらく、草のことは考えなくてよいだろう。明日以降、年明けの加温に向けた準備を始める。

12月14日
早朝より、アスパラガスの刈り取り開始。茎を刈込バサミで根元から切り、すべてビニールハウス外に運び出す。軽トラの荷台に山盛り積み上げ、ロープで絞め込み、別の畑へと運ぶ。三台分、四〇〇キロ程度か。延々と積んで、下ろす。苦痛だが、苦痛を覚えないように心理を工夫する。
その後、プロパンガスを買いに行く。ガスバーナーで土壌焼却。病害虫を減らす、焼き畑のようなもの。終日作業してようやく一棟分終える。肩こりがひどく、まるで岩がのしかかっているかのようだ。

12月15日
引き続き刈り取りと搬出、そして土壌焼却。一棟分終わる。

12月16日—20日
出演するテレビ番組の撮影のため、農作業がストップする。詩的な高揚がいつもながら、鈍い疲れとして残る。

12月21日
終日、刈り取り。順調に生育した棟はその分、たいへんな茎葉の量。一・五棟分しか進まず。
12月22日
午前中、一棟分刈り取り。午後から詩をひとつ書く。夜、神社の集まり。
12月23日
終日、刈り取りと搬出作業。二棟分。
12月24日
午前中、〇・五棟分刈り取り。午後、二棟分を土壌焼却。
12月25日
午前中、元肥を施肥し耕うん機で攪拌する。午後、二棟分を土壌焼却。
12月26日

早朝より、畝と畝間の高低差をつけるため、畝間の土を耕うん機で跳ね上げる。二棟分。その後、土壌焼却一棟分。灌水で硬くなった畝の表面の土をレーキで掻き下ろす。一棟でおよそ二時間半かかる。二棟分。その後、クワで畝のかたちをカマボコ型に整える。一棟分。

12月27日
畝の整形を三棟で終え、灌水チューブを四棟分敷設。その後、四棟で灌水。八分ずつ。

12月28日
早朝、一棟分の畝の土を掻き下ろす。十時から作物の管理技術に関する講習会。畑に戻り、施肥、耕うん、畝の整形などを日暮れまで。

12月29日
チューブを二棟分敷設し、灌水。刈り取り、搬出作業を〇・五棟分。

12月30日
〇・五棟分刈り取りし、一棟分搬出。午後からは土壌焼却一棟分。妻、草引き一棟分。
刈り取った茎は二メートル間隔でロール状に巻いて搬出するが、軽トラ一台でおよそ三〇ロール分。一棟で六〇強になるから、全七棟だとおよそ四四〇ロール。すると積み下ろしの際に延べ八百八十回、担いでいることになる。

12月31日
畝の土を掻き下ろして施肥する。一棟分。耕うん機を二棟分。畝の整形を一棟分。日暮れとともに、何か自分の存在が間違っているのではないか、という思いがこみ上げる。

1月1日
休日とする。今年から、新年は旧正月に祝うことにする。もとより、新暦と季節の移ろいが合っていない。夕方、圃場の見回りに行く。

1月2日
破れた箇所のビニールを補修する。ハトかカラスか知らないが、鳥がビニールの上で踏ん張ると穴が空くのだ。およそ八十カ所、テープを張る。
その後、全棟で灌水。直観的に、土中が乾いている気がしたため。灌水を畳みかけたかたち。

1月3日

自家で抽出した、ニンニクと唐辛子のエキスを圃場の周囲に散布。病害虫の発生を予防するため。昨春に仕込んだ、醗酵した米ぬかを各棟に撒く。こうじ菌や納豆菌、乳酸菌などの有用菌を増やすため。多様さが人間社会を安定させるのと同じで、土中の菌の存在も類が偏ってはいけない。

その後、草引きおよびビニール張り。保温効果を高めるため、この時期だけビニールを二重に張る。相当な手間。一棟分、仕上がる前に日が暮れた。

1月4日

防草のため、ハウス内の端や隅をもみ殻で覆う。三棟分。ビニールを張る作業続く。

1月5日

もみ殻の投入とビニール張りの作業を妻と続ける。手が荒れている。申し訳なし。

1月6日

ビニール張り。親戚に手伝ってもらい、ようやくすべて終える。夜、地面がちぎれて沸騰するイメージが湧く。作物の萌芽を期待しているようだ。

1月7日

「コサイド3000」を散布。病気の発生に先手を打ったつもり。密閉性を高めるため、ビニールを補修し妻面にのみもう一枚、ビニールをカーテンのように張って垂らす。日暮れと競うように仕事を急ぐ。

1月8日

二棟、同時に潅水し一時間。他の棟も二十分前後灌水する。

1月9日

昨日、一時間灌水した二棟にダメ押しの潅水、三十分。土壌全体にくまなく水分が行き渡ったと判断する。ビニールの裾を完全に下ろし、戸を閉め「伏せ込み」開始。ハウス内の地温と湿度を上げ、アスパラガスに春が訪れたと勘違いさせ萌芽を促す、という仕組み。

1月10日

灰色の折り紙のような色の、冴えない空。昨日に引き続き、二棟分で灌水。五十分後、水がしみ込まなくなり、土壌の保水力の限界に達したと判断。「伏せ込み」。その後、ビニールの小さな破れをチェックし、補修する。

1月11日
早朝より、井手を手直しし、ハウス内の畝の高低を調整。一日中、土を掘る。時折、瀬戸物のかけらやプラスチック片などが出てくる。思えばもはや、うぶな土というものはこの地上にはないのだろう。世界中の土地が、人間のゴミ、汚染物質、そして放射性物質といったものにまみれている。土の斜陽。土に触れることの反時代性。
人間がはじめて土に向き合った頃の、土というものが懐かしい。座り込んでいると、だんだん自分の手や体が、永久の夕陽に包まれてゆくようだ。

1月12日
畑に向かったものの雨天により、作業できず。図書館に行く。戦争協力詩について考え、書き物を少し。午後、観劇。

1月13日
真砂土を買いにゆく。ホイールローダで軽トラックの荷台に積み込んでもらう。手押しの一輪車で少しずつ各棟に運び込み、各棟の畝表面に手で撒いてゆく。三十五往復。帰宅後、めずらしく昼寝。

1月14日

家族で高知・桂浜までドライブ。晴天。子供と浜辺で遊ぶ。土のことばかり考えているため、砂の質が気になる。

1月18日

降雨から数日たち、ハウス内の土が乾いてきた。スコップで掘り下げた畝間をクワで整える。肩が張り、痺れる。掘り上げた土壌を手でほぐし、さらに細かく破砕するため耕うん機をかける。その後灌水し、「伏せ込み」。すべての棟で完了。萌芽を待つ。

1月19日

休日とする。福山・鞆の浦まで足を伸ばす。路地を迷うように歩いているうち、久しぶりに〝詩の時間〟が訪れる。路地、いわば都市の地面は耕されるのではなく、むしろ過ぎ去られることを喜んでいる。そして、過ぎ行くことを是とする精神と詩作には、残念ながらというべきか、密接な関係がある。

1月20日

出荷の準備。晴天続きで、棟内の地温が順調に上昇。いくらか萌芽しているため、徐々に収穫を開始すべきと判断。

1月21日

初収穫。八時すぎから十分程度。わずか六〇〇グラムのスタートだが、二年間の苦労が実ったのだと思うと、ほんとうに久しぶりに軽い心持ちとなる。出荷のため、妻と選果場へ。空が青く、初夏の空のようだ。

後書き――タイトルについて

いま書かれるべき詩の場所はどこか。また、書かれた詩はどのような解放感を詩にもたらしているのか。タイトルの「詩の地面 詩の空」にはそのような問いの意味を込めている。その問いは他方で、詩は空が見上げられるべく書かれなければならない、という願いのものでもある。思うに、空が見上げられなければならない理由は詩だけが知っており、きっと「詩の空」は無言でその理由を抱きとめ、高く澄んでいる。各稿の散文的な結論は別にして、そんな詩の風景がいくらかでも叙述できていればと願う。

身辺についていくらか記すと、数年前に会社勤めを辞め、東京から十代を過ごした田舎の地へと身を引いた。時代の圧迫が緩やかな土地の、美しくもない川の流れに視線を時折流し、暮らしている。当地は山に挟まれた、限られた地域である。

と、地勢をこう強調するのは、少し前に『対訳 エミリー・ディキンソン詩集』(亀井俊介編、岩波文庫)を読み返して、前書きに彼女の孤独を評して「自己の存在を厳しく限定し、『限りあるもの』とすることによって（……）」とあるのを見つけたからだ。

自分の詩はどこまで耐え得るか。ひとまずそのハードルとして体の使役をもくろみ、農家となった。地味な肉体労働と作物の心配に、身心の力をほぼ費やす日々の先に、「限定」ゆえの攻め口が開けないか。それでもし、いくらかでも芯のあるものが書ければ、人や時代の様々な圧迫にひととき耐え得るのではないか、と考えた。すべてはやむを得ない。

本書は、雑誌などに発表した類いに加え、書き下ろしの論考やエッセイを収めた。初出によっては大幅に加筆し修正した。共通して、表記の揺れもできる限り統一した。

第Ⅰ章は現代詩において現在、最も重要な書き手だと思われる二人の詩集について書き下ろし、本書の幹とした。Ⅱ章、Ⅲ章は作品論および書評。Ⅳ章は、長く住んだ東京を離れる前後に書いた、詩と暮らしに関するエッセイである。枠に縛りがない分、気負いなく書いている。

最後に収めた「農業日記」はメモに過ぎないが、畑という飾り気がまるでない場所に身を置きながら、それでも思考のいくらかは抽象性をもった。そのしるしである。日付がずいぶん飛んでいるのは、その日は具体的な思考ばかりの一日だったか、それかメモをする気力がなかったからである。

落ち着いて、机の前に座る時間はさほどない。何か思いつめたとき、車のハンドルや膝の上を急ごしらえの机とし、しかし宛先もなく文字を記す時間は極めて心許なく感じた。だが、このような場所で書かれるわずかな言葉を、まずは自分が全面的に信頼し「詩の地面」としなければならない。言葉の必要は、こういったとき痛切に感じられる。

本書が本となることができたのは、構成も含めすべて、五柳書院の小川康彦さんの厚意による。確か、神保町裏の喫茶店でお話を頂いたのは二〇一四年だったか。拙文の束に、こんな幸福があるとは思ってもみなかった。

（二〇一九年三月）

初出一覧

I

抒情を代償する「僕」——書き下ろし
捧げられた空洞——書き下ろし

II

百姓の感受——書き下ろし
いまごろになって——『現代詩文庫　森崎和江詩集』解説（二〇一五年、思潮社）
半島から遠く離れて——『半島論』（共著、二〇一八年、響文社）

III

言葉は力そのものである——「現代詩手帖」（二〇一一年五月号）
「固有時」との「対話」、そして——『吉本隆明論集』（共著、二〇一三年、アーツアンドクラフツ）
現代と詩における価値——「現代詩手帖」（二〇一五年二月号）
時代の仮構を遡る宿命——『北川透現代詩論集成3』月報（二〇一七年、思潮社）
最も耐えるに足る幸せ——『生誕』解説（吉田文憲著、二〇一三年、思潮社）
灰の命——「現代詩手帖」書評（二〇一七年二月号）
石を割る石の歌——「現代詩手帖」（二〇一二年三月号）

Ⅳ

驢馬の声——『川詩』（共著、二〇一四年、ART SPACE 出版部）
見開く——「midnight press WEB」第13号（二〇一五年三月）
一行目、二行目、三行目——書き下ろし
記念に写真を——『EVER MOMENT WITH SCENES』（共著、ART SPACE 出版部、二〇一七年）
歌う力——書き下ろし
明るいほうへ——書き下ろし
手紙——書き下ろし
トーキョー、トーキョー——書き下ろし
薄い水色——書き下ろし
夏の日——書き下ろし

Ⅴ

農業日記——書き下ろし

岸田将幸
一九七九年愛媛県生まれ。詩人、文芸批評。早稲田大学第一文学部卒業、
日本経済新聞社文化部記者を経て、現在、農業を営む。
詩集に『丘の陰に取り残された馬の群れ』（ふらんす堂）、『〈孤絶-角〉』
（思潮社、高見順賞）、『亀裂のオントロギー』（同、鮎川信夫賞）等。

詩の地面　詩の空

著者　岸田将幸

二〇一九年五月二十五日　初版発行

発行者　小川康彦　発行所　五柳書院　〒一〇一―〇〇六四東京都千代田区神田猿楽町一―五―一　電話〇三―三二九五―三二三六
振替〇〇一二〇―四―八七四七九　http://goryu-books.com　装丁　大石一雄　印刷・製本　誠宏印刷

五柳叢書107